# 幸福の女神

加藤ミリヤ

幻冬舎

# 幸福の女神

装画　加藤ミリヤ
装丁　大久保伸子

目次

第一章　少女の記憶　7
第二章　あたしたちはどこへも行けない　27
第三章　運命の人　83
第四章　生まれてきた意味　125
第五章　かがやく夜空の星よ　197
第六章　女神の幸福　219

二万人の視線がわたしひとりに向けられ、その想いはとてつもない歓声となりアリーナじゅうに鳴り響いている。わたしだけに注がれる熱い想いをのせて、塊となったエネルギーが思いっきりぶつかってくるのを渾身《こんしん》の力で受け止める。

もっとわたしを見て。もっと求めて。この上ない高揚感と恍惚感に満たされる。

誰でもない少女だったわたしは歌手として、今この大きなアリーナのステージに立っている。目の前に広がる光景が現実のものであるのが未だに不思議な感覚だ。これはわたしがわたしだけの力で摑み取ったもの。果たしてそうなのだろうか。大人になればなるほど、自分と向き合えば向き合うほど自惚れや過剰な自尊心が薄くなっていくのを感じ、関わる人々を大切にしたいと思うようになっている。

「愛されたいなら愛しなさい」

母はいつもわたしにこう言っていた。今やっと、その言葉の意味がわかる。

だからわたしを求めてくれる人たちにはありったけの愛を捧げたいと思うし、これがわたしの生きる道だと思う。わたしが母の子宮の中にいた時から、母はありったけの愛を与えてくれた。母は愛の塊、わたしの遺伝子の原点。だからわたしは母と、母が愛した父との愛の証として愛を伝えながらこの命を全うしたい。

眩《まぶ》しすぎるほど強く当てられる照明、興奮し、歌声に涙する人たち、喜びがこぼれ落ちそうなほどの満面の笑み、名前を叫ぶ声。すべての高まる感情がわたしだけに向けられることの恍惚感は、この瞬間、間違いなくわたしだけのものだ。渾身の想いを込めてわたしは歌う。

母が座っている関係者席はステージから向かって左側のスタンドエリアにある。きっと今日も、ペンライト片手に会場にいる誰よりも楽しそうに、誇らしそうに、嬉《うれ》しそうに見つめているのだろう。今日は、弟の城《じょう》もその隣に座っている。

生まれてきた意味を知りたくてもがいていた少女時代。いつだって偉そうな大人なんか大嫌いだった。だけど母だけは、物心ついた頃からわたしをひとりの人間として見つめ、守り、たったひとりで育ててくれた。

母には二人の母がいる。それはわたしにとって決して特別なことではなかったからそれについて想いを馳《は》せることもなかった。けれど、今、それが母にとってどんな意味を持ち、どんな想いを密《ひそ》かに抱き続けていたのか、その心の中を察することができる。

わたしは母の自慢の娘でいたい。だからいつまでもこの響き渡る歓声を浴び続けたい。

ママ、わたしすごいでしょう？　こんなに大勢の人たちがわたしを観に来てくれてるんだよ。ねえ、嬉しい？　しあわせ？

ママがわたしのママだから、わたしはわたしになれたの。わたしの生き様がママの人生そのものだから、わたしは死にものぐるいでがんばれるの。いつもママがそうしていたように。

# 第一章

# 少女の記憶

子供のくせにどこか大人《おとな》びた雰囲気で、三上奇世《みかみきよ》は生まれたばかりの赤ん坊を愛《いと》しそうに見つめている。こんがり日に焼けた細い腕でしっかりと赤ん坊を抱いていると、まるで我が子であるかのような深い愛情が込み上げてくる。何時間でもこうして抱いていたいほど可愛くてしょうがない。

妹の櫻子《さくらこ》が生まれたのは、奇世が小学一年生、7歳の時だった。どういうわけか母のサチ子のお腹《なか》が大きかった時のことは憶《おぼ》えていない。気づいた時には櫻子は生まれていて、奇世は姉になった。

「なんちゅう可愛い妹なんだろ」

白くて目が腫《は》れぼったくて、白パンみたいにまんまるな妹を、奇世は心の底から愛おしく思い、家事やら何やらで毎日忙しいサチ子に代わってよく世話をしていた。

三上家は、愛知県豊田市でトヨタ自動車の下請け工場を営んでおり、クラウンという自動車のブレーキを作っている。父の一吉《いっきち》が二代目として祖父から受け継いだ三神《さんしん》工業には、若者から中年の男たちまで二十名ほどが、地方から住み込みで出稼ぎに来ている。豊田は名古屋から1時間という不便な場所にあるとはいえ、彼らにとっては立派な都会だ。「田舎に働き口がなければとにかく豊田に行け」という時代。豊田に行けば必ず仕事にありつけた。

豊田市はトヨタ自動車というとてつもなく大きな企業で町が成り立っていて、奇世のクラスメイトのほとんどはトヨタ自動車関連の家庭の子供たちである。無論、町で見かける車といったら、クラウン、カローラ、コロナマークⅡといったトヨタの車ばかりで、ベンツやBMWといった外国車に乗るのは、全く別の事業で財を成したよっぽどの金持ちぐらい。

奇世の家は簡素な平屋造りの長屋で、従業員たちの寮も兼ねていた。まるで大家族のようにして、たいして広くもない長屋に大勢で住んでいる。家のすぐ横に大きな工場があり、奇世たち子供にとっては立派な遊び場だった。

従業員の食事は朝昼晩とすべてサチ子が作り、一家も従業員と一緒に土間で食事をとる。土間を挟んで東側に従業員用の小さな部屋が十部屋並んでいて、二人一部屋という造りになっている。西側が三上家の居住スペースになっていた。

ちょうど長屋の真ん中あたりに位置する土間は、いつもひんやりとして特に冬の寒さは厳しい。薪《まき》でストーブを焚《た》いて、風呂もストーブと同様に薪で湯を沸かす必要があり難儀だ。

土間に設置されている木製の大きな食卓から丸見えの台所には磨《す》りガラスの窓があり、家の裏を流れるドブが見える。夏場はカエルがゲロゲロ鳴いてうるさい。業務用の大きなアルミの鍋では赤出汁《あかだし》の豚汁や（三上家では赤味噌の豚汁なのだ）、やたらと野菜が細かく刻んであるカレーがぐつぐつ煮込まれていたりする。台所に立ち、黙々と家事をする紺色の割烹着《かっぽうぎ》を着たサチ子の小さな背中を、奇世はいつもぼんやりと眺めていた。

母のサチ子は感情をほとんど表に出さない人で（出さないのか出せないのかはサチ子しか知らない）、いつも何を考えているのかわからない。表情にも変化がなく細い目と薄い唇はいつも平行に並んでいる。それでいて、いつ機嫌が悪くなるかわからないから困る。さっきまで家族で団欒《だんらん》しながら楽しい会話をしていて、珍しくサチ子も静かに笑っているなと思っていると、席を外して台所から戻ってくるなり、なぜだか口をへの字にひん曲げて怒っている。家族の誰も怒りの矛先《ほこさき》を知らない。

まだ小さい櫻子の世話と、家族と従業員の食事の準備に追われるサチ子とは、触れ合う時間がないけれど、奇世はそれを寂しいとも思わない。なぜなら物心ついた頃からこれが当たり前だったから。母親にぎゅうっと強く抱きしめられたことは一度もない。頬《ほお》を撫《な》でられながら「可愛いねえ」と言われたこともない。髪を結ってもらったこともない。幸い奇世の髪はいつだって短かったから、髪を結う必要はなかったのだけれど。

父の一吉とはさらに会う機会が少なかった。工場はとにかく毎日忙しく、一緒に食事をとることも稀だった。

岩のようにごつごつとした大きな顔に、骨太の筋肉質な体。毛が生い茂った太い眉《まゆ》はその意志の強さを表している。声も大きいし、喋《しゃべ》り口調もおっかない。お父さんは怖い。子供たちは一吉を恐れている。ご飯を残すことは許されず、だらだら食べていると「早よ食え！」としかられた。肉の脂身が大好物で大食い。しかし下戸で酒が一滴も飲めない。

若い従業員が仕事を怠けたりすると、家の裏から一吉の怒号とともに殴る音がたびたび聞こえてくる。

「てめえ、サボってねえで一生懸命働け！」「社長、すんません！」

そんなやり取りが聞こえるたびに奇世は耳を塞《ふさ》がなくてはならなかった。

冬の豊田はなかなか寒く雪が降り積もる。朝に弱い奇世は寒い日が特につらい。兄の幸《こう》は、二段ベッドの上段からひとりで起きて登校の支度をし、なかなか起きることができない奇世を起こしもしないで、さっさと学校に行ってしまう。

異性ということもあってか、奇世と幸はあまり会話もしないし、仲がいい兄妹でもない。奇世には4つ離れた兄が大人に思えたし、物静かだが一吉同様に力強い印象で少し怖い存在だ。幸は野球部で、朝練、放課後練をこなし、野球に身を捧げている。奇世も小学校が嫌いなわけではないが、ほんとうに早起きが苦手だ。それは小学二年生になっても変わらない。いつまで経《た》っても早起きには慣れなかった。

「奇世ちゃん行ってらっしゃい。ええマフラーだなあ」

やっとの思いで寝床から飛び出し制服を着てランドセルを背負い家を出る奇世に、従業員の亀田《かめだ》が洗濯機から作業着を取り出しながら言う。浅黒い肌がテカっていて、綺麗に並んだ歯が白く目立って見えるほどだった。亀ちゃんと呼ばれている20代半ばの健康的な若者だ。

奇世は従業員たちにやさしくされることが嬉しい。しかし子供らしい活発さがない奇世は彼らと思いきり遊んだりはしない。どうやって懐いたらいいのか、なんとなくやりかたがわからん。そう思っている。従業員も社長である一吉が怖いのか、『大事なお嬢さん』として扱っている。

玄関の真横、家の外に洗濯機があり、細い路地を挟んで大きな物干し場があって、そこにはいつもクリーム色の作業着やタオルなどの洗濯物がびっしりと干してあった。

「行ってきます」

単調な声で奇世は言った。

「はい、はい」

サチ子がさらに単調な声で言った。

癖のある髪を短くした奇世は、同級生たちよりも背が高くて痩《や》せている。

「あたしには弟しかおらんで、妹ってどんなかんじなの？」

幼稚園から一緒の奈緒美《なおみ》が強い口調で言う。奈緒美の両親は在日朝鮮人で、家は焼肉屋を経営している。骨格はがっしりとしていて、奇世とは背丈も同じくらい、大きい小学生が二人といったかんじ。しかし控えめな奇世とは真逆の少々強すぎる印象がある子供だ。とにかく口調がきつい。しかし、思ったことを躊躇《ちゅうちょ》なく言葉にできる奈緒美といると、つい言葉を飲み込む癖のある奇世は居心地がいいのだ。

「えらい可愛いんだわ、櫻子。行くとこ行くとこ全部ついていきて。おねーちゃんって言って。そうだ、今日、学校終わったら森山公園に櫻子も連れてってていい？」

「いいよ」

おんぶ紐《ひも》を体に巻き付けて、奇世は友達と遊ぶ時にどこへでも櫻子を連れていった。

「あんまり奇世とは似とらんね」

「そうだらあ」

肌が白くて、糸みたいな細い目とぺしゃんこの小さい鼻をした櫻子を見ると、友達はいつも奇世と似ていないと言ったし実際にそうだと思った。奇世は櫻子とは対照的なくりっとした目をして、一吉とそっくりの高い鷲鼻《わしばな》のはっきりとした顔立ちで、肌は健康的な色をしている。

「奇世には全然似とらんけど、奇世のお母さんにはどえらい似とるなあ」

櫻子の糸のような目はサチ子によく似ていた。ぺしゃんこの小さい鼻も。

「そうかもしれん。でもあたしの妹、可愛いだら」

おんぶ紐で櫻子をおぶう奇世はなんだか誇らしげだ。けれど、奈緒美は決して櫻子を可愛いとは言わなかった。

「やっぱ櫻子ちゃんはお母さん似で奇世はお父さん似だわ」

みんな口を揃《そろ》えて言うけれど、あんなごつごつしたお父さんに似とるなんて嫌だわ、全然嬉しくないわ、と奇世は心の中で訴える。

とはいえ、お母さんに似とるって言われるのも別に嬉しくはないし、言われたことは一度もないし、自分でもお母さんには全く似ていないと思う。


「ただいまー」

学校から帰ると家はしんとしている。なんだあ、誰もおらんやん。サチ子は櫻子を連れて買い出しに行っており、幸は部活だろう。家の中はとても寒かったが、ストーブを点《つ》けるのが面倒だから我慢するしかない。お腹が空いて、居間にあった醬油《しょうゆ》味のおせんべいをかじった。玄関の引き戸が開く音がして、誰かが帰ってきたのがわかった。奇世はなんとなく土間に向かった。

そこには今朝、洗濯場で奇世に声をかけた亀田がいた。

「亀ちゃん」

「おう、奇世ちゃん。もう学校終わったのか？　おかみさんたちはまだ帰っとらんの？」

「うん。まだみんな帰ってきとらんみたい」

「今日は作業が早く終わったんよ。いやあ、寒いなあ」

「お父さんってまだ工場におる？」

「何やら業者の人が来とって、社長さんは長いこと打合せしとるみたい」

「じゃあまだお父さん帰ってこんよね？」

「まだまだ帰ってこんと思うよ」

亀田は笑って奇世の頭をぐしゃっと撫でた。そして顔を近づけて
「勉強頑張れ。学がないと俺みたいになっちまうよ」

と満面の笑みで言って従業員部屋のほうに帰っていった。

奇世はひとり家で過ごす時間が好きだ。家族専用の居間に戻って宿題をすることにした。勉強は嫌いじゃないし、頭もわりにいいと思う。幸い家に一吉がいないので、テレビを点けて好きな番組を観ることができる。それは一吉がいたら許されない行為だ。一吉はＮＨＫの番組しか、子供たちに観ることを許していない。夕方のアニメを観ながら、せんべいをかじり宿題をすることはとても贅沢《ぜいたく》なことに思える。

「奇世ちゃん」

亀田が居間の向こうから声をかけてきた。従業員が三上家の家族専用スペースに入ってくることはまずなかった。亀田も居間には入ってこず、「ちょっと来て」と手招きをしている。奇

世は呼ばれたほうに引き寄せられる。

「奇世ちゃん、ちょっと面白いもの見せたげるで。ちょっとこっちおいで」

せっかくのひとりの時間なのに、でもまあ少しくらいならいいか。亀田のことは別に嫌いではない。20代半ばと従業員の中では若いため親近感を持っていた。

「何？　面白いものって」

「いいから、ちょっとついてきて」

その声に従って薄い板の廊下を通り従業員の部屋のひとつに入った。部屋は畳に汗が染み込んだような酸っぱい匂いがした。そしてひんやりしている。奇世は普段、従業員部屋のほうには行かない。この男臭く酸っぱい匂いが好きになれないからだった。

「奇世ちゃん、はよ部屋ん中入って。こっちおいで」

言われるがまま差し出された座布団に座ると、亀田は奇世の目の前に向き合う形で座った。亀田の様子は落ち着きがなく目がぎらっと光っていた。

「奇世ちゃん、ちょっとここ触ってごらん」

さっきとはまるで別人と化した亀田に両手を強い力で掴まれ、ズボンの上から股のあたりに無理やり置かされた。股のあたりは膨らんでいて固い。奇世の手が触れると、そこはたちまちさらに膨らんだ。

なにこれ？　何が起きとるの？　亀ちゃんはなんでこんなことするの？

亀田は焦るようにズボンのチャックを下ろすと、その下のパンツまで脱いでしまった。露《あらわ》になった股の膨らみの正体は巨大なナメクジみたいなものだった。赤黒くそびえたっている。お父さんのと違う。思わず奇世はそんなことを思った。

「やさしく触ってごらん」

亀田は巨大ナメクジに奇世の手を誘導した。奇世の手の甲に自分の手のひらをかぶせて奇世の小さな手のひらをナメクジの上で操った。亀田は大きな溜《た》め息のような吐息を洩《も》らした。奇世は言われるままにした。怖いと思う以前に、自分の身に何が起きているのかさっぱりわからなかった。亀田の口調や態度は、終始やさしかった。

「このことは俺と奇世ちゃんだけの秘密だよ。誰かに言ったらえらい怖いことが起こるよ」

自分の身にとんでもないことが起こったのに、小学二年の幼い奇世は、絶対に誰にも言ってはいけないと思った。実際に誰にも言うことはなかった。


奇世には、櫻子が生まれる前の記憶はほとんどない。ただ、ひとつだけ克明《こくめい》に憶えている出来事があった。

奇世が小学一年生の春のこと。5月7日の自分の誕生日の前だったから、はっきりと憶えている。一吉の弟である一義《かずよし》の妻・佐和子《さわこ》が、

「奇世ちゃんに会わせたい人がおるんだわ」

と言うので奇世は見知らぬ人と会う約束をしていた。奇世は、もともとおせっかいな佐和子おばさんのことが苦手だった。甲高《かんだか》い大きな声でいかにも我が強そうで（実際にもそうであった）、押しつけがましい。大人しい奇世は押しが強い佐和子おばさんを生理的に受け付け難かった。

家から少し離れたところで佐和子おばさんとその誰かを待っていると、車が来た。トヨタのマークがついた白い車だったのを記憶している。佐和子おばさんが後部座席のドアを開けて、奇世は促されるまま車に乗り込んだ。そこには既《すで》にサチ子くらいの歳《とし》の女の人が乗っていた。

誰、この女の人？　見たことない人。

佐和子おばさんも後部座席に乗り込んできて、奇世を間にはさむ形で三人が座った。運転していたのは一吉よりも年上に見える眼鏡《めがね》の男の人で、その人もまた知らない人だった。車は発進せず、停まったままだ。狭い車の中で、奇世はどうしたらいいのかわからなくなって、硬い表情で女の人を見上げた。女の人はやさしく微笑《ほほえ》んで奇世を見つめた。

「奇世ちゃん」

名前を呼ばれると、どうしてか胸がドキドキした。それから女の人に髪を撫でられると体が宙にふわっと浮いたような気持ちになった。あたし、なんでこんな狭い車の中におるの。不思議な状況に奇世は困って唇を固く結んだ。

「この人はねえ、奇世ちゃんのほんとうのお母さんなんだわ」

佐和子おばさんが甲高い声でそう言った。

ほんとうのお母さんって？　おばさんなにを言っとるの？

「加世《かよ》さんっていうんだけど、この人がねえ、奇世ちゃんを産んだほんとうのお母さんなんだわ」

加世という名前の女の人は静かに涙を流していた。

ほんとうのお母さんってどういうこと？　目の前の女の人が自分を産んだということを奇世は一生懸命理解しようとしていた。頭の中で自分を取り巻く色々な人たち、サチ子や一吉、幸が行ったり来たりしている。サチ子はほんとうのお母さんではない！　それはとても悲しいことだったが、何故か奇世はその事実に納得していた。妙なことに。

「加世さんは給食センターで働いとるんだって。奇世ちゃんが食べとる給食を作っとるかも。加世さんの手料理を知らんうちに食べとるかもしれんねえ」

給食は給食の味やん。奇世は給食の焼きそばを思い浮かべた。みじみじに刻まれた豚肉と人《にん》参《じん》とキャベツしか入っていないびよびよの麺《めん》の焼きそば。奇世の好きなメニューだった。

「奇世ちゃんは何も憶えとらんと思うけどねえ、3歳まで加世さんも三上家で一緒に暮らしとったんだよ。一吉さんと幸くんも一緒にね」

なんにも憶えとらん。なんでお父さんとお兄さんは会わんの？

「お父さんとお兄さんは?」

か細い声で奇世は問う。

「一吉さんと幸くんとは……今回は会わないんだわ。加世さんと会うのは奇世ちゃんだけ。奇世ちゃんだけがほんとうのお母さんのこと知らなんだで、言わないかんと思っとったんだわ」

「奇世ちゃん」

もう一度加世が呼んだ。奇世は顔を上げることができない。なんでこんなに胸がドキドキしとるんだろう。沈黙の時間が過ぎる。

「お、か、あさん」

別に呼んだわけではない。奇世はか細い声でつぶやいただけだ。しかしそれを聞いた加世は激しく泣いた。そして、どうしてか奇世の目からも勝手に涙がこぼれてきたのだった。

どうして? なんで涙が出てくるんだろ? なんでこんなに悲しい気持ちになるんだろう。

奇世にはこの気持ちが一体何なのか、さっぱりわからない。その次の瞬間、加世が奇世の肩を抱き、自分のほうに引き寄せた。奇世は自然に加世の太腿《ふともも》に顔を埋《うず》めるような格好になり、しくしく泣いた。涙はなかなか止まらなかった。その間じゅう、奇世の頭や背中を加世がやさしく撫でた。しばらくの間そうしていた気がするが、どれくらいの時間が経ったのかはわからない。

「奇世ちゃん、もうすぐお誕生日でしょう?」

奇世は顔を加世の太腿に突っ伏したまま頷《うなず》く。

「誕生日プレゼントを持ってきたんだけど貰《もら》ってくれる?」

そう言って加世は足元に置いていた三越デパートの紙袋を持ち上げた。香ばしい匂いがする三越の柄の包みを開けると、そこには胸元に赤い薔薇《ばら》の刺繍《ししゅう》が入った、薄いピンク色のカーディガンがあった。

どら可愛いやん。こんなの着たことないわあ。

奇世はそのカーディガンが気に入った。普段はスカートを穿《は》いたりすることもなく、幸のお下がりのズボンを穿いたり男の子っぽい格好ばかりだったので、こんな可愛らしいものを貰えてほんとうに嬉しかった。

「ありがとう」

加世が何度も頷きながら微笑んで、奇世の手をぎゅうっと握った。こんな風に誰かにしっかりと手を握られたことは、これまでに一度もなかった。手が痛くなるぐらいの力だった。

「奇世ちゃんによく似合うと思ったんだわ。ほら、あててみて。奇世ちゃん、ほんとうに可愛いね。ほんとうに可愛い」

加世はまだ涙ぐんでいる。こんなに可愛いと言われたことも初めてだったので奇世はまた嬉しかった。このカーディガンはたからものだと思った。

「じゃあ、そろそろ帰ろうかね」

佐和子おばさんが高い大きな声を出して、「じゃあ加世さん、また連絡しますから」と言いながら車を降り、奇世もそれに続いた。

「奇世ちゃん、じゃあね」

加世が手を振っているので奇世も同じようにした。加世はものすごく寂しそうに見えて、奇世は胸がぎゅうっと締め付けられる。白い車は奇世と佐和子おばさんが降りても動き出さずにまだ停まっていた。奇世は歩きながら二度ほど振り返ったが、車内の様子はうかがえなかった。

家に戻るたった数分の距離を歩く間に、この出来事は記憶から消さなきゃいけない、消すんだと奇世は自分に言い聞かせた。だってあたしの家は生まれた時からここにあって、ここで暮らしてきて、お父さんとお母さんがおって、学校だって、友達だって、お兄さんだってここにおるのがあたしにとっての当たり前だったんだ。加世と会ったこと、自分を産んだのはサチ子ではなく加世だということは忘れなくてはいけない。そうしなくては今までみたいに生きていけないんだ、と奇世は思ったのだった。

そして、奇世にはわかった。だからサチ子は自分を思い切り抱きしめてくれないのだと。

この時まだ、櫻子は生まれていない。サチ子のお腹はすこし大きくなり始め、あと五ヶ月ほどで生まれる予定になっていた。

奇世は、はっきりと自分の生い立ちを理解した。この瞬間、たった6歳の奇世の中で何かが変わった。家族に対して、自分自身という存在がここにあることに対して、たいへんに気を遣うようになったのだ。

加世の存在を知ってから、奇世は近所のおばさんたちから可哀想な目で見られているような気がしている。加世はこの町で奇世たちの家に一緒に住んでいたのだ。でも奇世は何ひとつ憶えていないし、想像してみようと思ってもそんな家族の光景は全く浮かんでもこない。

近所の人たちはほんとうのお母さんのことを憶えているに決まっていて、『この子は自分を産んだほんとうのお母さんと離ればなれになって可哀想だわ』『まだこんなちっちゃいのに、加世さんのことをもう教えるなんて早すぎたんやないか』、そんな風に内緒話をされ、不憫《ふびん》な子だと思われている気がしてしょうがない。

奇世の家は小学校から200メートルくらいのとても近いところにある。四年生の冬のある日、学校からの帰り道、たった5分くらいの距離の間に奇世はふと思い立った。

『ほんとうのおかあさんに会いに行こう』

心は決まっていた。加世が名古屋に住んでいるということは佐和子おばさんから聞いていた。名古屋にほんとうのおかあさんがおる。名古屋で喫茶店を始めて、そこの二階に住んどるらしい。とにかく名古屋に行けばおかあさんに会えると奇世は思った。

加世の営む喫茶店は「三鈴《みすず》」という名前だった。加世のかつての名字である「三上」と、旧姓であり現在の姓の「鈴村《すずむら》」から一文字ずつとって店を「三鈴」と名付けた。もうとっくに別れた旦那《だんな》の姓であるのに、加世にはこの名前しか考えられなかった。

「三鈴」の住所もわからないまま、奇世は小遣いで切符を買い、ちょうど来た電車に乗った。ひとりで電車に乗るのはもちろん初めてだった。奇世は空いていた座席の一番端にちょこんと座った。

豊田から名古屋までは1時間近くかかるのは知っていた。不安でたまらなくて体が強《こわ》ばってくるのを感じる。知立《ちりゅう》で乗りかえてからかなり電車に乗っている気がする。国府に着いたところで様子がおかしいことに気づき、奇世は怖くなって電車を降りた。

「お嬢ちゃん、どうした？」

中年の駅員に声をかけられた。

「こっちの電車に乗ったら名古屋まで行けますか？」

「この電車は名古屋には行かんよ。反対方面への電車に乗らんと」

奇世は名古屋行きとは反対の電車に乗ってしまっていた。その時点で奇世は名古屋に行くことを諦《あきら》めた。もう外は薄暗くなっていて、街灯がぼんやりと灯《とも》っていた。

家に帰った頃にはすっかり日が暮れて、サチ子にものすごく怒られた。仕事が忙しく、夕飯を一緒に食べることは滅多になかった一吉が、この日も不在でほんとうに助かった。土間では既に幸と櫻子が工場の従業員と一緒に夕飯を食べていた。

「あんた、こんな遅くまで何しとったの？　早く手洗って食べなさい」

サチ子はあれこれ詮索しない人だった。とにかくお腹が減っていた奇世にはそれがありがたかった。サチ子は決して料理上手ではなかったが、奇世はこの日の炊き込みご飯はおかわりをしたし、豚肉の入った野菜炒めもいつもより美味《おい》しく感じた。その夜、奇世は風呂も入らずに寝てしまった。

一吉がいると、家の空気には緊張感が漂う。機嫌が悪いと手当たり次第に家具を蹴《け》って壊したり、子供たちの態度が気に入らないと頭をはたいた。遅刻をしたり、仕事をサボる従業員がいると家の裏で殴る音が聞こえる。とにかく一吉は、怖い存在だった。

子供たちは両親が仲良くしている姿を見たことがない。一吉とひどい喧嘩《けんか》をすると、サチ子はよく三好《みよし》の実家に帰った。いつも感情を表さないサチ子でも、一吉の激しい口撃に我慢できなくなると、強い口調で反発して、「実家に帰ります」と言い放ち家を出ていった。そんな時、サチ子はいつも櫻子だけを連れていった。奇世は、置いていかれるたびに、このままもう二度と帰ってこないかもしれないと思ってしまうのだった。「あたしも連れてってよ！」とどんなに泣いてすがって懇願しても、サチ子は一緒に連れていってはくれなかった。

中学生で反抗期真っ只中の幸は、それを冷ややかな目で見ているだけだ。奇世にとっては幸もまた怖い存在だった。一重の目はつり上がって、いつも苛々《いらいら》して何かに怒っているように見えた。

暴君の一吉だが、社長としてはやり手だった。トヨタ自動車の景気上昇の恩恵を受け三神工業の業績も絶好調で、奇世が小学五年生の頃に、長屋の自宅と工場を壊して大きな土地に家を建てることになった。そして家から30分ほど離れた山の近くに、これもまた大きな工場を新築することになった。

おおよそ一年という長い時間をかけて三上家の大きく立派な家が建った。近所ではまだ珍しい鉄筋コンクリートの家。大きな庭のある白い洋風の二階建ての屋敷は、一吉の成功の証になった。

「どえらいええ家だろ！」

完成した家を見て一吉が大声でがははと笑った。大きくてどっしりとした立派な構えの三上家は近所で有名な屋敷になった。家が建ってから奇世は近所で「三上さんとこのお嬢さん」と呼ばれるようになった。当時は『紳士録』に名前が載るのが名誉な時代で、そこに何度か一吉の名前が載るほどに三上家の景気はすこぶるよかった。

# 第二章

# あたしたちはどこへも行けない

深い紺色のセーラー服は、あたしによう似合っとる。奇世は毎朝制服に袖《そで》を通すたびに思う。深い紺色に紅色のリボンは制服にしては少々陰気くさい印象を持つが奇世は気にならない。

入学して三ヶ月も経つと、奇世はすっかり制服を着崩していて、紅色のリボンをゆるく縛り、プリーツスカートはくるぶし丈の白ソックスがちらりと見えるくらいのロング丈だ。ぺたんこに押しつぶされた黒革の鞄《かばん》は、まるでもう何年も使い古しているようにところどころ縁がはげている。

見事に派手な中学生である。はっきりとした顔立ちと、中学一年生にしては高い背が相まって派手な存在感を演出していた。見るからに不良の風貌《ふうぼう》の自分を奇世はとてもしっくりくると感じている。

これが本当のあたしの姿。奇世は強く思う。今が一番楽しい。奇世は暇さえあれば鏡ばかり見ている。プラスチック製の小さな折りたたみ式の手鏡を持って、口角をあげて見つめる。あたしって結構いい顔しとるわ。それだけで奇世は嬉しい。

中学に入学してからは、同級生たちが「奇世ちゃんってなんか芸能人みたいやん」とか「百《もも》恵《え》ちゃんに似とるね」などと言ってやたら褒めてくれるものだから、奇世もその気になってしまう。あたしって可愛いやん。百恵ちゃんに似とるなんてどら嬉しいやん。見れば見るほど自分の顔が好きだと思う。

自分を着飾ることが一番の楽しみだった。周囲の女学生たちの間での流行《はや》りのヘアスタイルも、天然パーマの癖っ毛のおかげでいつもうまくセットすることができた。眉を隠す程度の長さの前髪、サイドは後ろにカールさせて、バックは内側に巻いて肩にあたるくらいの長さが奇世のこだわりだ。できる限りふんわり髪がまとまるように、ホットカーラーをして寝る。奇世の髪は稀に見る天然パーマだった。まるで実際にパーマをあてているかと思うくらいだ。その癖っ毛のせいで、入学式の時には校門で先生がきつい目をして近寄ってきた。横にいたサチ子が申し訳なさそうな顔で、「すみません、これ天然パーマなんです」と頭を下げた。

入学式では上級生が自分のことをやたら観察するように見つめている気がした。それは思いのほか奇世をいい気分にさせた。新入生らしく正しく制服を着ていたのに奇世は目立った。帰り道でサチ子に「あんた大人しくしとらないかんよ」と厳しい口調で言われた。ものすごく地味なグレーのスーツを着たサチ子の小さい体は、正装をしても華やかさに欠け陰気くさく見えてしまう。とうに母の身長を抜かしたくっきり顔の奇世とはやっぱり全然似ていない。そう思うけれど、自分の顔が気に入っていた奇世にはそんなことはたいした問題ではなかった。

入学式が終わり、いよいよ中学生活が始まると、上級生たちが男女問わず奇世の姿を見るために、わざわざ一年生の階まで下りて教室までやってきた。その上級生のほとんどが見るからに悪そうな不良たちだった。その中でも特に目立つ風貌をしていたのが二年の坂上涼子《さかがみりょうこ》だった。涼子は二年生一番のスケバンで、たった1歳違うだけなのにとても大人のように映った。

奇跡的に同じクラスになった親友の奈緒美と休み時間に談笑していた時だった。いきなり、がらがらと音を立てて勢いよく教室の引き戸が開いた。しっかりとセットされた赤茶色の髪に、長いスカートを穿いた先輩が教室に入ってきた。クラスメイトは一斉に何事かと驚き、その姿を確認するなり、これから起こる何かにざわざわしている。

その先輩が奇世のほうに向かってきた。

「あんたが三上奇世か？」

細い眉毛に目がいった。案外可愛い顔立ちをしている。

「はい」

奇世は素直に答える。隣にいる奈緒美が息を呑んでいる。

「へえ、そうか」

それだけ言うと、先輩は教室をさっさと出ていった。それが坂上涼子だった。

「ちょっと奇世、あれ坂上先輩だて」

「びっくりしたあ。なんか怒られるのかと思った」

そう言いながらも、奇世は優越感を覚えていた。

「あんたを見に来たんだわ。あんたを手下にしたいんじゃないの。スカウトだて。不良のスカウトだわ」

それから三ヶ月も経つと、奇世の姿は立派な不良そのものに変わり、涼子から後輩として可愛がられるようになっていた。奇世は気に入られたのだ。奇世のスケバン化につられて、奈緒美も不良になった。奈緒美もその格好がよく似合い、涼子に気に入られた。

涼子はいつも数人の男友達といた。身長は150センチちょっとで小柄なのだが堂々としていて、女友達はいない。それが奇世たちには、やけにかっこよく見えてしまうのだった。

「おい、奇世。こいつと付き合え。奇世のことが好きなんだと」

ある日突然涼子に押し付けられた男は二年の先輩だった。それが奇世の初めて付き合う男となったのだが、ニキビ面の不細工な先輩とは数ヶ月で別れた。

奇世の通う園山《そのやま》中学校は、市内の公立中学校の中で最も不良が集まるとても柄の悪い学校だった。学区内の三つの小学校から集まった生徒たちは、体育館でセックスするわ、原付バイクで学校の廊下を走るわ、煙草《たばこ》は吸うわで、手がつけられない不良だらけだった。

セーラー服にニットを羽織り、ピーコートを着る季節になり、豊田の町に雪が積もる頃になると、奇世はあたたかい布団から毎朝なかなか出られない。しかし学校に行くことは楽しかった。勉強のほうは中の上くらいをなんとなく保っている。勉強が嫌いなわけではないが群を抜くほど得意な教科があるわけでもない。中学入学時まで続けていたエレクトーンの稽古《けいこ》はいつのまにかやめた。

涼子には引き続き可愛がられている。何をするにも奈緒美と一緒だったら無敵な気がしている。背格好もますます似てきた派手な二人は同級生に恐れられている。

奇世たちは、学校が終わると学校近くの「スーパー青木」の駐車場の端っこで、しょっちゅうたむろしていた。家が遠く自転車通学が許されている奈緒美の自転車に二人乗りして、缶ジュースを回し飲みしながら、涼子や男子の先輩たち数名と何があるわけでもないのにいつまでもそこに佇《たたず》み、お喋りをしたり、時に無言になったり、ふざける先輩たちをぼんやり眺めたりしていた。ただそれだけのことなのに奇世の胸には妙な充実感があった。

最近この集まりで姿を見かける日が増えた二年の中川《なかがわ》先輩は、声変わりをしきれていない中途半端で耳障りな男子の先輩たちの声とは違って、完璧な大人の男の声を持っていた（奇世は声変わりの途中の鼻にかかったような声を心の底から気持ち悪いと思っている）。中川先輩のしっかりと低い本物の男の声を聞くだけで胸がドキドキする。気が付くと奇世は中川先輩を目で追っていた。できれば話してみたかったけれど、年下の奇世から話しかける勇気はなく、気づかれないように先輩のことを見つめたりしていた。

先輩はとても美しい顔をしていると思う。男性なのに美しいという言葉が一番しっくりくるのだ。奇世はなんとなくこれが〝好き〟という感情なのかもしれないと思っている。その一方でほんとうに〝好き〟かどうかはわからない。そのことは奈緒美にさえ言うのが憚《はばか》られた。恥ずかしかったのだ。

中川先輩を意識し出してからというもの、「スーパー青木」での時間が今まで以上に楽しいものになった。やっていることは何一つ変わらないというのに。

涼子が慣れた手つきで煙草をふかしながら遠くを見つめている。木々は葉を一枚も残さず脱ぎ裸になっている。木も寒そうだなあ、と奇世は思う。乾いた冷たい空気に涼子の吐き出した煙草の匂いが混じる。

「冬ってなんか寂しい気持ちにならん？」

涼子の声はやけに艶《つや》っぽく響いた。奇世も奈緒美も言葉を探していると、涼子がマルボロの箱を差し出した。そこから奈緒美が黙って一本抜き、ポケットに忍ばせていたライターで火をつけた。奇世と奈緒美は数ヶ月前に煙草を覚えた。それを教えたのも涼子だった。最初からごく自然に差し出されたので、自分たちがもともと煙草を吸っていたかのような錯覚を覚えたし、むしろそれは待ち望んだものだった。煙草は大人の女の象徴で、奇世たちはとにかく早く大人になりたかった。

「あたしも寂しい気持ちになります」

奈緒美が低い声で同調すると、奇世も頷いた。

「あんたたちの家は両親おるやん」

「はい」

二人は口を揃えて言った。

「うち、母親おらんのだわ。うちのお母はあたしが小六の時に男作って出てった。パート先のスーパーの店長とできとった。そこのスーパーに行ったことあるもんで、店長の顔も知っとったけど、はげ頭のさえんオッサンでさ。お父はお母が出てっても何にも言わんかった。大人しい父親なんだわ、怒ればいいのに。だからお母も調子に乗ったんだ」

奇世たちは黙って頷く。風が冷たい。皆、鼻の頭が赤くなっている。

「片親ってだけで気の毒に思われるのってどら腹立つ。可哀想に思われるのってあたしたちにとって最大の侮辱だと思わん？」

「あたしもできるだけ強く見られたいです。人前で泣くとか絶対ありえんし」

「あたしもいつも寸前のところでぐっと我慢しとる。泣かん女のほうがカッコいいやん」

涼子は言った。

「あたしたちも涼子先輩みたいにもっと強くならな。ね、奇世」

奈緒美が力強く奇世の肩を叩《たた》く。

「人に不憫に思われることってあたしも嫌です。この子、なんか可哀想な子だねえって思われると腹立ちます」

「奇世みたいに立派なお父もお母もおって、でっかい家があるような裕福なうちの子が不憫に思われることとなんてあらすか。あたしからしたらどら羨《うらや》ましいわ」

「そうだて、あんたんとこはお金持ちだしいいやん」

　奇世は、ははっと笑った。

「そうだよね。こんなこと言ったらバチが当たるかもしれんわ」

　声が乾いていたのは冬の空気のせいではない。

　奇世たちはたくさんのことを話した。自分の心の中にあることを言葉にしてみたら、意外と自分たちは複雑な人間なのかもしれないと思うのだった。

「帰ってもお父と二人だでさあ。虚《むな》しくなるんだわ、家におると。あたしのこと可哀想に思っとるのか、見放しとるのか、お父は、あたしが悪さしても不良になっても何にも言わん。奇世のお父さんはバリバリのやり手だもんな。強そうだし」

「うちのお父さんは怖いです。かんしゃく持ちだし、だからなるべく家でも会いたくないし、家に帰ってこんでもいいのにって思ってしまう」

「でもいいやん、怖くても立派なお父さんに思うわ。奈緒美は？　あんたのとこ在日でしょう？」

「うちはお父さんよりもお母さんのが怖いです。すぐぶたれる。でも家族仲はいいと思います」

「あんたたちは大人になってもずっと豊田におるつもりなの？」

ふいに涼子が聞いた。奇世はそんなことを考えたこともなかった。

「生まれた時からこの町にいたもんで、豊田を出るとか考えたことなかったです」

奈緒美が答える。

「そうか。あたしは早く豊田を出ていきたいね。で、東京に行く。この町にあたしの居場所はないんだわ。それだし、こんな中途半端な町、あたしは嫌だ」

「東京ってどんな都会なんだろうか」

奇世が言う。

「東京なんて行ったことないなあ。ものすごい都会なんでしょうね。あたしには都会すぎて怖いです。中三の修学旅行で東京行くのも田舎者って馬鹿にされそうで。涼子先輩は東京で何かしたいことがあるんですか？」

奈緒美の声が大きくなる。

「ここだけの話にしてよ」

二人は頷く。

「あたし女優になりたいんだわ」

涼子の頬がほんのり赤くなったように見えた。そう感じたことが涼子に対して何だか悪い気がして、奇世は思わず目を逸《そ》らした。

「女優！　すごいですね！」

奈緒美が盛り上げた。

「だってテレビに出とる歌手とか若い女優とかって大してあたしたちと歳変わらんのよ。あの人たちって特別なの？　あの人たちにあって、あたしたちにないものって何？　なんであの子たちはキラキラしとるの？」

奈緒美は言葉を探すようにしてから答えた。

「ああいう人たちって生まれた時からあたしたちとは違うって思ってました。運命からして違うっていうか」

「でもさ、『あたし親がいなくて貧乏でした』って言うアイドルとかおるやん？　そういう芸能人を見るとあたしにだってできると思うんだわ」

涼子のあまりの気迫に、それを冗談で言っているわけではないのがよくわかった。

「とにかく、あたしは中学出たら東京に行く。あんたたちも行きたいところに行かな」

奇世は溜め息をついて言葉を吐いた。

「あたしたちなんてどこにも行けん」

「ずっとここにおるしかないよなあ」

奈緒美も同じだった。

「どうしてあたしたち都会に生まれんかったんだろう」

涼子は心の底から残念そうに言った。

じゃあ、あたしは将来どうしたいのだろうか。奇世は想像してみる。大人になって誰かと結婚して子供を産んでずっとこの町で生きていくのだと決めつけていた。そんな普通の人生しか思い浮かばないのだ。あたしには夢とか立派な将来像が、何もない。


突き刺すような寒さとともに夕暮れがやってきた。そろそろ家に帰ろうと思った頃、男子陣はまだ原付バイクに乗ったりしてじゃれ合っている。すると男子の輪からひとり離れた中川先輩が奇世たちのほうに向かってくる。奇世にはその姿がまるでスローモーションのように映った。たったひとつしか歳は変わらないのに立派な大人の男に見える。中川先輩は奇世の目の前まで来ると、両隣にいる涼子と奈緒美には一切目もくれず、

「奇世ちゃん、ちょっといい?」

真《ま》っ直《す》ぐ澄んだ瞳で奇世を見つめた。懇願の意をはっきりと持っているのがわかる。まだ簡単な挨拶《あいさつ》くらいしか交わしたことのない中川先輩と、初めて目と目がしっかりと合い、喉《のど》が詰まった。

「ちょっとついてきて」

勝手に歩き出した先輩を目を丸くしたまま眺めていると、涼子に肩を小突かれ「ほら、行け」と促された。急ぎ足で中川先輩に追いついた。冷たい風がびゅうっと通り過ぎて奇世はとっさに目を閉じる。先輩は皆から少し離れた駐車場の花壇のところにどっかと腰掛けたので、奇世も横に並んだ。胸がドキドキしていた。

「俺と付き合わん？」

助走的な当たり障りのない会話をはさむことなく、なんと直球な言葉。奇世は反射的に「はい」と答えていた。

「あ、付き合ってくれるの？」

「はい」

学校でも人気の中川先輩が自分のことを好きだなんて。奇世は嬉しくて誇らしかった。中川先輩は、剃《そ》り込みを入れた坊主頭を掻《か》きながら、「ありがとう」と言った。そのとき奇世はこの人のことが好きだと思った。中川先輩の学ランの詰襟《つめえり》はびしっと高く決まっていて、短い丈とぼんたんがよく似合っている。いつのまにかひとつの輪になって奇世たちの様子を見ていたみんなの前まで戻ると、

「俺たち付き合うことになったわ」

低い声で中川先輩が言った。めっちゃキザでドラマみたいやん、と奇世は思った。

立派なドラマの幕開けかと思った中川先輩との仲は、手をにぎられただけで二ヶ月も経たず

に自然消滅した。奇世はもっと大人っぽいことを期待していた。早く大人の女になりたいのに、中川先輩はまるで子供だった。自然消滅して中川先輩と会わなくなってしまっても、奇世は寂しくも悲しくもなかった。

好きという気持ちってなんて曖昧《あいまい》なんだろうか。奇世はほんとうに人を好きになってみたくてたまらなかった。

中学二年生は奇世の最もやんちゃな時期となった。

奇世は間違いなく自分という世界の中心にいた。自分自身が思春期真っ只中という意識はないが、自分という存在に対する不安を感じていた。このいわれのない、救われない気持ちは何なんだろう。

しかし自分は不良だというプライドが奇世を奮い立たせる。怖いものなんて何もないというような堂々とした勇ましさのせいか、スケバンの奇世は近頃とてもモテている。学校帰りや休日に、豊田市駅周辺を同級生の女子たちと歩いて、何人に声をかけられたかを競うゲームが流行っている。その中でも、奇世は圧倒的にたくさんの男から声をかけられた。その事実が奇世を勇気づけ一層美しくさせる。

三年生になった涼子とはたまに言葉を交わす程度になり、遠くから時折眺めるその姿は学年がかわってさらに大人びたように感じる。二年の奇世はとても無責任で、自由を感じている。

夏休みを目前に控えた奇世と奈緒美は、しっかりブロウしたヘアに年齢よりもかなり大人びた格好をして、いつものように豊田市駅周辺を自分たちの姿を見せつけるべく闊歩《かっぽ》していた。明らかに中学生には見えない。家を出る時に、サチ子が奇世の姿をちらりと見やったが、派手な格好で出掛けることに対してとやかく言うことはなかった。小学一年生になった櫻子が「お姉ちゃんかわいい」と言ってくれたので、「これで今日のおやつ買いん」と２００円をあげた。

豊田市駅直結の大型百貨店が建ち、新たなシンボルとともに駅周辺はとても賑《にぎ》わっている。奇世たちは駅のそばの特に車の通りが多い道を歩いた。道行く人に自分たちを見せつけるために。自分の存在価値を誇示するかのように。

背筋をピンと伸ばし、のそりのそり歩く二人の背後から車が近づいてくるようなエンジン音がする。その音が自分たちに向かっていることを、奇世たちは感じている。プップー、と勢いよく大きなクラクションが鳴らされた。奇世と奈緒美は、自分が一番綺麗に見えるように唇の端に力を込め、目を大きく見開いてゆっくり振り返る。

大きなエンジン音がする車の窓が開くと、中の男たちがこの町で一番目立つ暴走族だとわかった。

「君たち乗らん？」

「遊ぼうや」

奇世は奈緒美を見る。言葉を交わす必要はなかった。目で乗るか乗らないかの合図をし合うのだ。

奇世がなるべくスムーズに後部座席のドアを開けて乗り込むと、奈緒美もそれに続いた。

「奇世ちゃんと奈緒美ちゃんいくつなの？」

率先して話しかける助手席の男の顔はまあまあ悪くない。

「14歳」

「えー、中二？　大人っぽいやん。俺らみんな18歳。これからこのパンチパーマのアパートに行くで」

奇世と奈緒美、男たち三人を乗せた車は10分ほど走ると、小汚いアパートに着いた。運転していたパンチパーマの狭いワンルームの部屋は蒸し暑くもわっとして、男の酸っぱい体臭がする。布団も敷きっぱなしだ。

奇世たちは格好わるく見えないように、堂々と靴を脱ぎ部屋に上がった。背筋にたらっと汗が流れて気持ち悪かった。

「暑いわ！　今、扇風機回すで」

「喉渇いた。飲もうや」

冷たい缶ビールがテーブルに並べられ、男たちが飲み始めた。全員が吸う煙草の煙で部屋は靄《もや》がかかっている。奇世たちも気取った素振りで煙草をふかす。差し出されたビールは苦く、美味しくない。一吉もサチ子も酒を飲まないため、奇世は酒に対する免疫がなかった。

「奇世ちゃん可愛いなあ」

助手席の男が真っ赤な顔で言うと、後部座席に一緒に座った男も同調した。

「ほんと14歳には見えんわ」

奇世は決して悪い気はしていない。

運転していた男がテーブルにビニール袋を出し、その袋の中に溶剤を入れ始めた。当たり前のように差し出されたそれはシンナーだった。男たちはそれをまるで煙草を吸うみたいに慣れた様子で吸い込む。間もなくして男たちは皆、意識朦朧《もうろう》となり次に気持ちよくぼんやりしている者、テンション高く騒ぐ者と様々な様子になった。

当然奇世たちにもそれは差し出された。もう既に普通じゃない状態になってしまっている男たちの誘いを断るのは憚られ、見よう見まねで男たちと同じようにした。初めてだと思われたくなかった。

それを吸い込んだ瞬間、ふっと意識が遠のき、その後にすぐ頭が割れるように痛くなった。

しっかりせな。そう思ったが意識は遠のく。

男たちのうつろな目を見ながら、脳がどろどろになっていくようだった。時間の経過が曖昧になる。男たちの声がどんどん大きくなり、それは奇世の耳の中でうるさく響いている。意識がどんどん自分から離れていくのを感じ、この時やっと、どうしようもない場所に来てしまったと感じた。あまりにもちっぽけで自堕落な空間。しかし恐怖は感じていない。自分たちの意思でここに来たのだ。あたしたちはどんな時でも堂々としてなきゃいかん。

ふと坂上涼子のことが頭をよぎった。そういえば先輩は東京に行くのだろうか。それより奈緒美は大丈夫か。そう思い奈緒美を見ると、運転していた男の肩に寄りかかってぐったりしている。男の手は奈緒美の肩にしっかりとまわされている。ああ、奈緒美、全然しゃんとしとらんやん。目が回るわ。どうしよう。それから先は曖昧だ。完全に憶えていないほうがほんとうはよかったのかもしれない。

奇世と奈緒美はパンツを脱がされていた。だんだんと戻ってくる意識の中で性器の状態が、確実に今までとは違っているのがわかる。性器が湿っている。覆《おお》い被《かぶ》さる時に、男たちは笑っていた。とても楽しそうに。その後で必死の形相《ぎょうそう》になり、各々《おのおの》のタイミングで顔を歪《ゆが》ませた。奇世たちはぼんやりする頭で何の抵抗もできず、ただ自分たちの身に起こっていることを静かに受け入れた。

露になった男たちの赤黒く光る性器が目に飛び込んできた時、奇世はふと小学生の頃に見た亀田のナメクジを思い出した。あの時の奇世は幼さゆえに状況を理解できず、無理やりに性器を触らせた亀田に対しても無感情だった。しかしこの瞬間、奇世は亀田に対して「あたしになんてことをしたの」という怒りが込み上げていた。一気に様々な光景が頭の中を駆け巡る。けれど、それ以上に頭が痛くてくらくらして苦しくて、とにかく目を閉じたかった。

「悪かったねえ。二人とも。俺らちょっと我慢できんかったんだわ」

「でも初めてじゃないやろう？」

奇世も奈緒美も初めてだった。

しかし二人とも、この突然の出来事も自分たちの上を通り過ぎていく経験のひとつに過ぎない、こんなこと別に大したことない、そう思うことができた。

奇世は奈緒美とともに三人に回された形で処女膜を破られた。しかし初めての性行為は、奇世にとって大人の女への立派なステップアップだった。不良の女は早く処女を卒業せないかんと思っていたし、一刻も早く処女を捨てたかった。

実際にした感じは、想像よりも気持ちよくもないし大袈裟《おおげさ》なものでも何でもなかった。大したことじゃない。

帰り道、奈緒美とぐったりしながら公園で何時間もぼうっとしていた。

「ものすごい経験したね」

「もうあたしたち処女じゃないんだで。奇世、大丈夫？」

「あんたこそ大丈夫？」

「大丈夫に決まっとるわ」

「あたしも全然平気」

二人は涙も出なかった。重ったるいだけの処女を喪失することができ、むしろ清々《すがすが》しい気持ちだった。

鮮烈な性経験を経て奇世はさらに艶っぽさに磨きをかける。身長も160センチを超え、胸もしっかりと膨らんでいる。

下田《しもだ》シゲオに出会ったのは中学二年があと数ヶ月で終わる頃だった。シゲオとの付き合いも町で声をかけられたことから始まった。シゲオは暴走族の間で流行している黄色の日産車でサンスケと呼ばれる車に乗っていて、運転中に町で奇世を見かけるたびに、綺麗な子だなあと思っていて、次に見かけたら絶対に声をかけようと決めていたという。

シゲオは奇世より4つ年上で、兄と同い歳の18歳だった。高校には進学せずゴミ収集車に乗る清掃員の仕事に就いていた。シゲオは奇世と同じくらいの身長しかなく痩せていて、お世辞にもカッコいいとは言い難い男だった。にかっと笑うと、向かって左側の奥歯が二本ごっそり抜けているのがわかり、それがシゲオをより一層頼りなく見せた。でもその笑顔が奇世にはチャーミングに映ったし、何度か会ってちゃんと話してみると、見た目は突っ張った暴走族のくせに中身はとてもやさしい男だとわかった。

シゲオは奇世に心底惚《ほ》れ込んだ。惚れられた奇世も、だんだんとシゲオを好きになった。

「奇世ちゃんみたいに綺麗な子と付き合えて、俺はほんとに幸せ者だわ」

「シゲオくんはいっつもそうやって褒めてくれるね」

「ほんとのことだもん。しゃーないやん。それだしよお、奇世ちゃんはまだ中学生だけど、中身は完璧な大人の女だと思うんだわ。俺よりも精神的に大人だし。そこらの普通の中学生には見えないもんが見えとる」

「そんなことないって」

「そんなことあるて。最初は奇世ちゃんの妙な落ち着きは何なんだろって思っとったけど俺わかったんだわ。奇世ちゃんは人のことをどえらいしっかり見とる。そんで、何ちゅう言えばいいんかなあ。自分の人生を受け止めとる感じがするんだわ」

　自分がそれほどに複雑な人間だとは思っていなかった奇世だが、自分のことを理解してくれる恋人をとても大切に思う。

　シゲオが貧しい家の子だということはすぐにわかった。シゲオの家は県営団地の２ＤＫの狭い部屋だ。くすんでカビが染み込んでいるような汚い外壁、玄関のドアは錆《さ》び、天井は低く、裸の蛍光灯がみすぼらしい印象を演出していた。

　シゲオはそこに家族三人で住んでいた。父親は清掃員の仕事をしており、母親はパートに出ていた。奇世の両親よりも5、6歳くらい歳をとっていたせいか、シゲオの両親は自分の両親と全く違う存在に感じた。

　初めてシゲオの家に行った時に団地での暮らしを目の当たりにし、そのなんともいえない侘《わび》しさに閉口した奇世だったが、「まあなんちゅう綺麗な子を連れてきたの！」と大変喜ばれ温かく迎えられたことで、違和感がすぐに居心地のよさに変わり、しょっちゅう遊びに行っている。

シゲオの家では、母親が作った質素なご飯を毎日家族全員で食べる。外食もほとんどできない。贅沢とは無縁の家庭ではあるが、奇世はこの家族団欒の食卓がとても羨ましかった。家族同士が固く繋《つな》がった絆《きずな》が奇世には眩しく見えた。シゲオの家族は奇世の理想に思えたのだった。

自分の体の異変に奇世はすぐに気が付いた。生理が遅れている。まさか、いや、でもおかしい、でもまさかそんなはずない。堂々巡りは何の意味も成さず、中学二年の終わりに奇世はシゲオの子を妊娠した。

付き合ってまだ二ヶ月、なにより奇世は14歳の少女である。あたしとしたことが、なんて馬鹿なことをしたんだろうかと奇世は愕然《がくぜん》とした。

もちろん産めるわけなどない。産むことなんて考えられなかった。確かにシゲオとの関係は真剣だ。でも子供を産みたいとはほんの一瞬も思わなかった。宿っている命への愛着も一切なかったのだ。その事実に奇世は自分を恥じた。とにかくこれは二人だけの秘密にしよう、そう決めて産婦人科で年齢を20歳と偽って中絶した。費用はシゲオが工面した。

手術台で脚を大きく開き、性器が医者に向かってむき出しになった姿はあまりにも情けなく、涙が出そうな思いだった。恐怖心はなかったが子宮を広げるための冷たい器具が性器の奥のほに差し込まれる時に不快な激痛が走った。全身麻酔が効いて意識を失うと、目覚めた瞬間にはもう体の中に胎児はいなかった。体は重かった。愚かな行為と知りながらも、もう体の中に子供がいないと思うと清々している自分がいた。

手術を終えて産婦人科を出るとシゲオが迎えに来ていた。

「苦しい思いさせてごめん。何回謝っても謝りきれん」

シゲオは泣いた。あんたが泣かんでよ。泣きたいのはあたしやん。性器を掻きまわされ、思いっきり自分の体を痛めつけた奇世は、もう力がなく涙も出ない。

「奇世ちゃん、何か言ってえや。ほんとにごめん。今回のことはほんとうに残念だったけど、俺は奇世ちゃんとのこと真剣に考えとるで。奇世ちゃんはまだ14歳だからアレやけど俺はこれからもずっと奇世ちゃんと一緒にいたいと思っとるで」

疲労困憊《こんぱい》の奇世は、次から次へと喋り続けるシゲオがうるさくてうんざりしていた。

シゲオとの交際が続いたまま、奇世は中学三年生になった。高校受験に向けて勉強に力を入れるため近所の塾に通うようになった。しかし勉強はちっとも面白くなかった。たいして勉強をしたいわけでもないし、人並み程度にやっておけばいいと軽い考えでいた奇世だが、周りが受験一色になってくるとさすがに勉強に身を入れるようになっていた。

一方、シゲオは10代最後の年を存分に謳歌していた。シゲオは仕事が終われば毎日仲間たちと集まっている。仲間がひとり暮らしをしているアパートが溜まり場になっていた。塾の帰りに、ほんの一瞬だけでもシゲオに会いたくて、アパートまで奇世が出向くと部屋はシンナーの臭いがした。吸引した残骸を急いで隠したようだったが、臭いまでは瞬時に消すことはできなかった。奇世は全身から怒りが込み上げた。あからさまに憤慨した態度をとって「一瞬顔見に来ただけだから」と低い声の早口で告げて帰った。

シゲオは追いかけてはこなかった。馬鹿馬鹿しい集まりだ。もう20歳になるというのにいつまでも子供のような遊びを続ける、周囲に流されやすいシゲオのそういうところが大嫌いだった。

仲間の中には重度のシンナー依存症になり、「手が肉のかたまりに見える！　気持ち悪い！」と言い出して自分の手を切りつけようとしたり、「耳の中で猫がみゃーみゃー鳴いててうるせえ！」と幻聴に苛まれ、首を吊って自殺した者もいた。仲間が死んでからも、たびたびシゲオからはシンナーの臭いがした。臭いを感じるとすぐ、「またやったでしょ。もういい、今日は帰る」と奇世は冷たく言い放った。

シンナー遊びをやめないシゲオに、受験勉強に追われる奇世は次第にフラストレーションを募らせて、別れようと思うようになっていった。シゲオは中卒で受験勉強すらやったことがない。勉強漬けの同級生たちと一緒に切羽詰まっとるあたしの気持ちなんかわかるわけがない、奇世はそう思うのだ。

けれど、呆《あき》れて仕方ないのに、いつまでも不良をやめられないシゲオのことを、どうしても嫌いにはなれなかった。シゲオはほんとうにやさしかった。いくら不満が募っても、その思いをうまくシゲオに伝えることができない。言い争うことは怖かった。奇世はつい言葉を飲み込んでしまうのだった。

奇世は中学を卒業した。

卒業式では同級生たちのほとんどが泣いていた。奇世は泣けなかった。唯一、幼稚園からずっと一緒だった奈緒美と別れてしまうことは少し寂しかったが、随分前から離ればなれになることはわかっていたのだ。別に一生会えなくなるわけでもあるまいし。

奇世の気持ちは、既に次の場所へと向かっていた。もうこの場所には思い残すことはない。思い返せば様々な出来事があった中学生活だったが、通り過ぎてしまえば自分自身を驚かせ揺さぶった出来事も何てことないと思うのだ。

中学を卒業しても大人になんかなれない。早く大人になりたい。そればかり思っていた。

奇世は、本命の公立高校である北高校に合格した。一吉の同級生が事務長をやっていたこともあり薦められた高校だ。「コネで受かったわけじゃないぞ！」と一吉はしきりに言っていたが、奇世のような不良が合格するとは誰も思わない学力の女子校だった。古典の先生に「あなた意外に頭いいのねえ。入試はトップだったわよ」と言われて奇世は驚いた。

ほんとうは名古屋の高校に行きたかったが、進路を決める際に両親に伝えると、ものすごく険しい顔つきで「それだけは絶対にいかん」と口を揃えて言われたのだ。「なんで?」と問いつめると、「名古屋の高校なんかに行ってまったら、あんたもっと不良になってまうわ」と言われたが、実際は、ほんとうのおかあさんが名古屋に住んでいるからに違いない。こんなにあからさまに名古屋の高校を志望するのを反対するのは変だと奇世は思ったのだった。


高校の入学式、奇世はパーマをあてた髪をポニーテールにして登校した。思いっきり髪を引っ張り上げてまとめたせいで、つり上がった目の、気の強そうな顔つきが美しい。高校生になった奇世はさらに痩せて、すらりとした体形が奇世をより大人っぽく見せた。入学式当日から天然検査というのがあり、髪にパーマがかかっているのかそれとも天然の癖っ毛なのかを先生がチェックした。それほど女子たちの間でパーマが流行っていた。入学式でも、中学の時と同様にサチ子が「天然なんです」と言って頭を下げた。

北高校にもスケバンがいた。しかしそういった派手な先輩たちにも奇世は呼び出されたり、いびられたりというようなことは何ひとつされなかった。奇世が暴走族のシゲオと付き合っていることを知られていたからだ。

北高校の生徒たちのほとんどはトヨタ自動車に入社することを目標にしている。理由は単純明快、将来有望で安定した未来の旦那を見つけるためだ。志高く手に職をつけ、男並みに働くという考え方はほとんどの生徒たちが持っていない。稼ぎのいい旦那を見つけて、良い主婦になる。それこそが女の幸せであると当たり前に思っている。奇世も将来は良い主婦になりたいとは思っているが、玉の輿《こし》に乗りたいという野望はなかった。いくらお金がなくても学がなくても、奇世はどうしてかシゲオが好きだった。

高校生活なんてかったるくてちっとも楽しくない。高校に行けば大人になれると思っていたのに。怠惰の中で、ただ時間が過ぎていくのをぼんやりと待っていた。中学のあのやんちゃっぷりは何処《いずこ》へ、奇世は不良的行為はもはや格好わるいと思っている。高校生にもなってやんちゃな者たちを見ると鼻で笑ってしまうくらい、子供に思えて仕方ないのだった。ただ喫煙だけはやめられずにいたが。

「高校なんかやめたい」

狭いシゲオの部屋。壁は煙草のヤニで薄汚く変色している。か細いシゲオの肩に身を委《ゆだ》ねながら奇世は嘆く。

「あたしには高校に毎日行く目的がないもん。やめたい。ほんとうに」

か細い指でシゲオが奇世の頭を撫でた。なんて頼りない指なんだろう。そんな指でやさしくされると奇世はいつも切なくなる。

「高校は頑張って行きゃあ。俺ができんかったこと、奇世ちゃんにはやり遂げてほしいんだわ。頑張れ」

「あたしはシゲオくんとずっとおれればそれでいいの」

「なんで奇世ちゃんはそんなに俺のことを好いてくれるんだろか」

「あたしはごく普通の幸せが欲しいの。シゲオくんちみたいなあったかい家庭があればあたしの人生はそれだけで幸せだと思うの」

仕事が早く終わるとシゲオは学校に迎えに来ることがあった。同級生たちが歩いて帰っていく中で、派手な車が自分を待っていて、それに乗り込むのは奇世にはとても気持ちがいいものだった。


奇世の高校生活は、退屈ながらも順調に過ぎるはずだった。

こんなことがあっていいのだろうか。奇世の二度目の妊娠が発覚した。しかし、奇世は中学の時と同じように中絶を選んだ。シゲオと家庭を持ちたいと思っていたけれど、今産むことは全く考えられなかった。

奇世は絶望した。この事実を一吉やサチ子が知ったら一家の恥さらしだと勘当されるだろう。シゲオのせいで自分自身が恥さらしになるのは絶対に嫌だった。美人でしっかり者の奇世が望まぬ妊娠をしてはいけないのだ。

申し訳なさそうな顔のシゲオを見るたびに、どんなに悲しい顔をしてもシゲオにはあたしの悲しみがわかるわけがないと思う。だってあんたは欲望を外に出すだけやん、女はそれをいつだって受け止める。そうしてあたしは傷つく。そして今回もまた二人だけの秘密にしたのだった。シゲオもまた、どうしても産んでほしいとは言わなかった。

忘れてしまっていた痛みだった。しかし手術台に下半身をむき出しにして腰掛けると、前回の手術のことが詳細に思い出された。同じように粘膜を掻きむしられる痛みが全身を駆け巡り、思い切り目を閉じると涙が出た。この痛みと同じ苦しみをシゲオに与えてやりたいと奇世は思う。どうしてあたしだけがこんな痛みを味わわんといかんの？

どうしても自分の心の中だけでは収まらなかった。たったひとり、奈緒美にだけは話して、自分のつらさをわかってほしかった。

「あんた何やっとんの」

奇世が堕胎《だたい》の事実を伝えると、奈緒美は真剣に怒りながら泣いていた。朝鮮高校に進学した奈緒美には年上の彼氏ができ、ショートだった髪は肩まで伸びてとても綺麗になっていた。

「ほんと馬鹿なことしたと思う」

「あんたもあんたの彼氏も大馬鹿野郎だよ」

「実は……今回が初めてじゃないんだわ」

奈緒美は涙を溜めた目を険しくさせて奇世を見た。

「14歳の時にも妊娠して堕《お》ろしとるの。ずっと誰にも言えんかった」

「ちょっと、何それ。何で言ってくれんかったの」

「軽蔑《けいべつ》されると思ったんだわ。もうあんなことは二度といかんと思っとった。でも、今回はシゲオくんに無理やりされたの。あの時のシゲオくん、シンナー吸っておかしくなっとった」

「ありえん。そのせいで妊娠したのか」

奇世の目から涙が溢《あふ》れ出す。

「シゲオくんのこと好きなのに赤ちゃんに愛着が生まれんかった。ちっとも産みたいって思わなかったの。あたしには母性っていうもんがないんだろうか。あたしがお母さんに捨てられた子だから……」

「あんたさあ、自分のことばっかりやん。痛いとかつらいとか、愛着が生まれんかったとか、どえらい自分勝手やん。一番傷ついとるのは赤ちゃんだわ。あんたも男も本当に最低だわ」

奇世は返す言葉もなく、怒られたことに呆然《ぼうぜん》としていた。そして自分の愚かさを思い知って改めて自分自身に失望したのだった。

「ごめん」

「あたしに謝ったってしょうがないわ。奇世、しっかりせな」

奈緒美は溜め息をついて煙草を手に取った。

「あんたはシゲオと別れたほうがいい」

奇世は黙っていた。これ以上否定されるのが怖かった。

「あたしは高校出たら彼と結婚するで。あたしはちゃんと覚悟できとる」

奇世は奈緒美の吐く煙をぼんやりと見つめた。あたしはいつかシゲオと一緒になって母親になるのだろうか。こんなに自分勝手で馬鹿なことをして、いつか天罰がくだるに決まっている。愚かすぎる自分が情けなかった。

卒業証書を手にした時、奇世は、あたしは戦いに勝ったと思った。どんなちっぽけなことでも最後までやり遂げることは清々しかった。

「高校卒業後は大学に行け」と一吉に言われるも奇世は断固として拒否した。一刻も早く自分で稼ぎたかったからだ。三上家から離れて一人前の大人になりたかった。大学に行けば親の脛《すね》をかじることになり、しばらくは子供のままでいることになってしまう。

シゲオの存在が奇世の人生の道標だった。彼一筋の奇世は高校卒業とともにシゲオとの将来を真剣に考え始め、本気でシゲオと早く結婚したいと思っている。シゲオとは絶対に温かい家庭を築かなければならない、という思いが奇世の中で強くなっていった。

けれど、両親にはシゲオとの真剣交際を言うことができないでいた。一吉もサチ子も気づいているはずなのに交際について聞かれたことは一度もなかった。シゲオの家庭のこと、学歴のこと、職業のこと……。それを思うと、大卒で裕福な家庭を築いた両親に伝えることができなかった。

一吉は奇世の結婚相手には良い家柄で高学歴、高収入の男を求めていて、シゲオは間違いなく一吉が嫌がるタイプの男だった。だからこそシゲオと結婚するためには専業主婦ではなく働かなくてはいけないと思っている。


一吉の必死の説得も虚しく、奇世は足助町《あすけ》の進藤《しんどう》産婦人科に就職した。病院のまかない担当の募集があり面接に行くと、ちょうど事務の人が辞めてしまって空きが出たということで、奇世は白頭巾《ずきん》を被るまかないの仕事ではなく、グレーの制服を着る事務員として採用してもらうことができた。

院長は、高校を卒業したての半人前の奇世に、とても親切にしてくれた。事務の仕事はやりがいがあり、やはり就職して間違いはなかったと思う。働くことそのものが奇世の性分に合っている。

働き始めて一ヶ月が過ぎると、9万円の初任給で8万円の中古の赤い軽自動車を買った。一吉は奇世が自分で買った今にも壊れそうな軽自動車を見るなり、「なんちゅうみすぼらしい車を買ったんだ！　阿呆《あほう》か！」と激怒した。

就職し、いつか三上家を出て立派な大人として生きていかないかん。一吉にお金のことで頼りたくはなかった。その第一歩としておんぼろでもいいから自分で車を買いたかった。初任給以降は毎月2万円を生活費としてサチ子に渡し、5万円を貯金した。一年で60万円貯めてみせると決めている。

奇世とシゲオは密かに結婚準備を始めた。こっそりシゲオの実家近くの団地の部屋を借りて、一緒に住むための家財道具をこつこつ二人で揃えている。

「いよいよ奇世ちゃんの両親に挨拶しに行かな」

「うちのお父さんほんとうに怖い人だで心配」

「殴られるの覚悟しとるよ」

「お父さんに殴られたらシゲオくんほんとにふっとんじゃうわ」

「大丈夫。俺真剣だで」

まさかこんな平凡な幸せを手にしたいと思うなんて、奇世は自分でも予想外だった。

あのイケてる奇世ちゃんがこんな人と結婚したなんてねえ。普通以下の男におさまっちゃったねえ。奇世ちゃんの旦那、全然かっこよくないやん。背も低いし。中卒だし。貧乏だし。

みんなはそんな風に思うのだろうか。でもこれらはすべて事実であり、奇世が結婚しようとしている相手はそういう男なのだ。でも奇世はそれでよかった。頼りないところがあっても奇世を愛し、大切にしてくれること以上に、シゲオには何も求めていない。

奇世は仕事に一度たりとも遅刻することなく真面目《まじめ》に業務を果たしている。

「シゲオくんじゃなくて彼みたいな人はどうなのよ」

奇世より一回り年上の同僚の岡田《おかだ》は、最近しきりにこの話をふってくる。ぽっちゃりした中年太りが親しみやすい。

「そうだわあ、西城《さいじょう》くんは美人の奇世ちゃんにぴったりだて」と言って他の同僚が盛り上げる。

進藤産婦人科に薬品を納めている製薬会社の担当者が西城だった。

西城は俳優みたいに整った顔立ちで誰もが認める男前だ。184センチという身長と九州の大分出身の彫りの深い顔。歳はシゲオと同じで奇世より4つ年上だった。西城の年齢を聞いた時に、シゲオと同い年だとはどうしても思えないくらい奇世には大人の男に映った。進藤産婦人科の冬の慰安旅行、病院のイベントなどで二人は話をする機会が増えた。奇世の姿を見つけると、白く整った歯を見せて笑いながら、長い手脚を振り駆け寄ってくる西城の姿は目を惹いた。西城の残像をそのまま連れて帰って、将来住む団地の部屋でシゲオに会うとがっかりしている自分に気が付いた時にはもう手遅れだった。同い年のシゲオと西城、容姿も経済状況もすべてにおいて西城のほうが格段に上だった。

なんであたしはこんなつまらん男と一緒におるんだろう。あたしはシゲオのどこが好きなんだろう。自分のことを大切にしてくれる人は大事にしようと思う。だからシゲオのことは大切にしなくてはいけないと思ってきた。頭の中を整理整頓せないかん、そんなことを思っているとシゲオと一緒にいる時も自然と口数が減った。今や一緒にいることが義務のように思えてしまう。

「奇世ちゃん最近一緒におっても静かだね」

「そうかな、ちょっと仕事で疲れとるだけだよ」

「ならいいけど。もし俺に不満があるなら言ってよ」

「不満なんかないって」

こういう弱々しいことを言うシゲオが奇世は嫌だった。男なんだからいつだってどんと構えていてほしい。いつも自信に満ちている西城はとても男らしく格好いい。シゲオはどうしていつも頼りないのだろう。

あたしが好きなのは、シゲオのやさしさだけだったのかもしれない。この人と一緒だったら笑顔が絶えない温かい家庭を手に入れることができると思った。でもほんとうにやさしさだけでシゲオと家庭を作ることができるのか、奇世にはわからなくなった。

奇世は思ってしまった。やっぱりシゲオではなく西城がいいと。そう思ってしまったら、もうシゲオとは一緒にはいられない。

西城が奇世と交際したいと思っているかはわからない。でも、西城と付き合えることになるかもしれないし、そうなりたいと思っているのは事実なのに自分には別に付き合っている男がいるなんていうのは不誠実であると思う。シゲオと別れなければ西城と付き合うことはできないだろう。どのみちシゲオとの将来は奇世にはもう見えない。

シゲオにとってはあまりにも唐突だったのだろう。

「あたしたち別れたほうがいいと思う」

「なんで？　部屋も借りとるし、結婚の準備だってしとる。奇世ちゃんだって結婚したいって言っとったやん」

「ごめん」

「俺は絶対に別れたくない」

諦められないシゲオは仕事終わりの奇世を待ち伏せするようになった。いつも従業員専用駐車場の奇世の車の横で待っているのだ。追われれば追われるほど、奇世の心はどんどん離れていき、やがて完全に遠のいてしまった。女々《めめ》しく毎日のように現れるシゲオを鬱陶《うっとう》しいとすら思う。

「お願いだから話だけ聞いてくれん？」

シゲオは無理やり奇世の手首を強く摑み、自分のほうに引っ張った。その力はあまりにも強くて奇世が恐怖を覚えるほどだ。

「わかったから、手、離して。痛いって」

「ごめん。ごめん」

自分の車を病院の駐車場に駐めたまま黄色いシゲオの車に乗った。まじまじと見るとなんと派手で下品なこと。路面すれすれの車高と大きなエンジン音。病院に西城が現れない時間帯でよかったと心から安堵《あんど》する。

こんなところを西城さんに見られてしまったら終わりだわ。奇世はこっそり溜め息をつく。ピンク色に染められた部屋で奇世は黙っている。何度となくシゲオと来たことがあるラブホテルだった。そこを敢《あ》えて選んだシゲオにまた嫌悪感を覚える。わざわざここに来て奇世が懐かしいなんて思うわけなかった。

「ごめん、こんなとこに連れてきて。とにかく誰もおらんくて二人っきりで話したかったもんで」

奇世は覚悟していた。何かあったらとにかくシゲオを振り切って逃げるのだと。しかしシゲオは何もしなかった。長い沈黙だった。話の口火を切るのは自分に託されていると悟ると、奇世はまたシゲオに苛立《いらだ》ちを覚えた。いつまでも黙っとらんで何か言いんよ。奇世が苛々しているると、シゲオがしくしく泣き始めた。別れ際の男の涙ほど興ざめするものはない。男のくせにみっともない。そういうところが嫌なんだて。

なんであたしはこんな男のことを五年も好きだったんだろう。泣いてあたしに「大丈夫？」とでも言ってもらいたいのだろうか。

「泣かんでよ」

奇世の乾いた声に、シゲオは傷ついた顔をする。

「どんだけ話しても奇世ちゃんの気持ちは変わらんの？」

「うん」

「奇世ちゃんはほんとうに俺のことが好きだった？」

「そんなつまらんこと聞かんでよ」

中学生の時に出会ってから自分にはシゲオ以外おらん、本気でそう思っていた。やんちゃでも自分だけにはいつもやさしいシゲオが好きだった。シゲオの家のような温かい家庭を一緒に作りたかった。しかしそんな風に思っていた奇世はすっかり姿を消して、もうどこにもいない。

「奇世ちゃんのこと、諦める」

シゲオは絞り出すように告げた。目尻を思いっきり下げて、最後の願いを込めて奇世を見つめ、この世で一番哀《あわ》れな男を演じてみせた。奇世もそれに合わせて切ない顔をしてみせた。なんて虚しくてくだらない演技。この期に及んで、可哀想な男に成り下がることで、奇世の気持ちを繋ぎ止めようとしている情けない男に思えて、奇世は興ざめした。

あたしは正しい選択をしとる。もともとシゲオとあたしは育った環境も家柄も大きく違うんだで、合うわけはなかったんだわ。すこしの悔いもなく五年の付き合いに幕を下ろした自分を、奇世は冷たいと思うこともなかった。そうして奇世とシゲオは完全に終わった。

晴れやかな成人式を奇世は男なしで迎えた。奇世は、サチ子が用意してくれた絞りの高価な振り袖を着て地元の成人式に行った。「お父さんが奇世にいい振り袖を着せたれ、って言ってくれたで。これはどえらいええ振り袖だよ」とサチ子が教えてくれたが、薄い桜色の絞りの振り袖が果たしてどれくらいの価値があるものなのか、20歳の奇世にはわからない。上品すぎて地味に感じたのだ。

みんなが着とるやつみたいなもっと派手な色のがよかったのに。成人式会場に集まった同級生たちは楽しそうに写真を撮ったりしてはしゃいでいたが、奇世はどうしても楽しい気持ちにはなれなかった。

「あんたやっぱり目立つわ」

赤いチマチョゴリの奈緒美だった。

「あんたも派手だて」

背が高くがっしりした奈緒美の姿は大陸文化の象徴のようだった。

「20歳になっちゃったわ」

「もう20歳か、まだ20歳か。わからんけど、なんかあっという間に大人って感じじゃない？」

「あんなに早く大人になりたかったのにね。実際20歳になってもどうってことないね」

成人した奇世と奈緒美は堂々と煙草を吸った。寒空の下で吸う煙草の味は格別だった。吐いた煙がただのそれなのか、溜め息なのか、それもまた奇世にとってどうでもいいことだった。

「あんた、知っとる？　シゲオ、二人の子持ちの8歳年上の女と結婚したらしいわ」

そう聞いても、奇世の気持ちはピクリともしなかった。

「シゲオくんらしい」

なんてつまらん成人の日なの。成人式会場に車で彼氏が迎えに来てくれて、「綺麗だね」と言われる自分をこれまでずっと想像していたのに。


正式にシゲオと別れて西城のところに行きたいと思った時には、彼に同棲している彼女ができていた。奇世の知らぬ間に百貨店の美容部員の女と付き合っていたのだ。彼女は秋田出身で西城と同い年の子らしい。情報通の同僚のおばさんたちからそれらの事実を聞いた時、奇世はさぞかし色白の綺麗な彼女なんだろうと想像して胸が痛くなった。あたし、全然色白ではないし。いや、でもあたしのほうが美人に決まっとる。秋田の田舎から出てきた子なんかに負けるわけがない。奇世は20歳の女盛りである。若い女としての自信に満ちているのだ。

彼女がいることを知ってからも奇世は西城と付き合えると思っている。病院で西城に会えると嬉しくて顔がほころび、西城のほうも奇世が自分に想いを寄せていることに気づいている。それほど奇世の意思表示は大胆だった。奇世が自分のことを好いているということを思えば思うほど、西城もやはり奇世を意識せずにいられないように見えた。

何をしていても奇世は病院の華だ。奇世がいるところは光が差したように、ぱあっと明るくなるのだ。そして歯をしっかりと見せた派手な笑顔。西城が来ると奇世は胸が躍り、ただでさえ大きい目をさらに大きくして彼を見つめる。西城も意思を込めて微笑んだ。

「西城さんご苦労様です」

「お疲れ様です。そろそろ昼休みの時間だよね。お昼、一緒に食べませんか？」

奇世は心から喜んだ。

「はい！」

奇世と西城は進藤産婦人科の近くのうどん屋に入った。西城は席につくと煙草に火をつけた。西城はカツ丼ときしめんのセットを、奇世は卵とじうどんを頼んだ。奇世の心はドキドキしていた。奇世はせっかくのチャンスを無駄にはしたくないと思う。なんとか自分のことを気に入ってもらいたい。

「西城さん、お付き合いしてる方がいるんですよね？」

「ああ、はい」

奇世は西城の顔を大きな目で覗《のぞ》き込んだ。西城はその美しさにドキッとする。

「どんな方なんですか？」

「秋田から出てきた子なんだ」

西城は伏し目がちに、「彼女とはうまくいってないんだ」と言った。

奇世はとっさに西城を見つめる。あたしのこと、好きになってよ。奇世は気持ちを込めて西城を見つめる。じっくり見つめると、あまりのかっこよさに恥ずかしくなるほどだった。西城の濃い眉毛を見る限り、もしかしたら胸毛も生えとるかもしれんと思う。

「えっと、こういう時は何て言葉を返したらいいんですかね？」

西城は笑った。

「奇世ちゃんは可愛いね」

奇世はたまらず煙草に火をつけた。綺麗と言われることはあっても、可愛いと言われた経験はあまりなかった。かっこよく生きたいと思って生きてきたので、ついかっこつける癖があるのだ。


きっと西城は自分のことを好きになりかけとる。彼女とうまくいっとらんってわざわざ言うんだで間違いないわ。

絶対に付き合いたいのだ。

奇世が容姿から男性に惹かれるのは初めてだった。あんなに顔が整った男の人は豊田にはひとりもいなかった。背が高く、すらりとして顔が綺麗だと、不思議と中身まできちんとしているように見えてしまう。西城がどんな風に生きてきて、どういう性格をしているのかはまだよくわからない。他にもたくさん女がいるかもしれないし、女の気持ちを弄《もてあそ》ぶような男かもしれない。しかし、そんなことはどうでもいいことで、とにかく好きになるのに理由なんてないのだ。西城にだったら弄ばれたっていいとさえ思うし、女だって『いい男と寝たい』と思うのだから。この人を自分の男にしたい、という強い思いだけが奇世の心の糧《かて》になっている。

「彼女と別れた」

西城が奇世にそう告げたのは奇世21歳の誕生日直前の頃。彼女と別れたのならあとはもうこっちのものだ。

「今夜うちに来ない？」

西城はすぐに奇世を誘った。西城は製薬会社の寮に住んでいた。当たり前のようにそこで二人は性的な関係を持った。奇世にとっての比較対象は他にひとりしかいなかったが、西城のやり方は想像していたほど素晴らしいものだとは言えなかった。密かに期待をしていただけにすこしがっかりした。もちろんこの寮の部屋にも秋田の彼女は来たに違いない。この狭いシングルベッドで二人は抱き合い、眠ったのだろうか。奇世は自分の中からふつふつと嫉妬《しっと》心がわきあがってくるのを感じた。愛し合う二人を想像しただけで気持ちが悪くなる。過去の彼女と自分とを比べることはかっこ悪いと思うから、彼女の話は一切しない。あたしはあたしやん。奇世は自分に言い聞かせた。

西城と食事に行ったり名古屋まで出掛けたりすると、二人はとても目立った。長身ですらりと手脚が長く、顔も小さい西城が明らかにかっこいいからだというのは百も承知だ。すれ違う女たちが必ず西城を振り返る。誰もが認めるような美男と付き合ったのは初めてで、西城の横にいるだけで奇世はとてもいい気分になる。

西城は人前でべたべたするのを嫌がった。人前で手を繋いだこともない。ポケットに手を入れて歩く西城の腕を絶対に離すまいと奇世はしっかり摑むのだ。それでも、奇世は西城と二人で出掛けられることがほんとうに嬉しかった。やっと摑んだ西城の心が完全には自分のほうを向いていないと奇世にはわかっている。だからこそもっと自分のことを好きになってもらいたいと努力することが楽しいと思えるのだ。すこしずつ育《はぐく》んでいけばいいのだ。すこしずつ、時間をかけて。

「奇世ちゃんの家は立派なんだってね」

「そんなことないよ。数あるトヨタ自動車の下請け工場のうちのひとつだもん。車の部品を作っとるの」

「実家が立派な子って、憧《あこが》れたなあ」

西城には胸毛は生えていなかった。彫刻のような西城の横顔を見つめていると、自分はこんなに美しくないと劣等感を抱くほどだった。

「今でこそ景気はいいけど、生まれた頃の家はプレハブだったんだよ」

「それは意外だなあ。でも奇世ちゃんは生粋のお嬢様って感じなんだよなあ。うちは、親父《おやじ》が定職に就かない人だったから母さんと苦労したよ。歳の離れた妹がひとりいるんだけど、なんとか無事に育ってくれてよかったと思ってる」

「生まれてくる家って、選べないもんね。親も選べないし」

「でもどうしようもない親父でもさ、親父がいなかったら俺はいないから。自分の顔見るたびに最近思うんだよ。年々ほんとに親父に似てきてるなあって」

西城は自分の優れた容姿に対する自信で溢れていた。

奇世は、ずっと聞きたかったことを、いつかさらっと、あくまでも自然に、何気ない会話の中で問いかけようと思っていた。

「大分にはいつか戻るの？」

「豊田には一時的な転勤だって言われてるし、いつかは、大分に戻ることを望んではいる。やっぱり自分が生まれた町で生きたいって思うんだ。奇世ちゃんは豊田から出たいって思ったことはない？」

「出たいって思ったこと、一度もないの」

「それだけここが居心地がいいってことだよ」

「居心地がいいとかそういうんじゃないの。ただあたしにはこの場所しかなかった。でも大切な人のそばにいられたらどこだっていい」

西城となら大分の知らない田舎町にだって住める。将来、西城の田舎で暮らせたら幸せだと思う。

西城さんの想像する未来にあたしはおらんのかな。ただ生まれた場所が違うだけで、まるでお前とは違うんだと言われているみたいで、奇世はたまらなく寂しい気持ちになった。

「実は奇世ちゃんに伝えなきゃいけないことがあるんだ」

それが良い知らせでないことはすぐにわかった。

「俺、福岡の本社に異動が決まったんだ」

「え？」

「いずれ豊田を離れることは決まってたんだ」

「ほんとうに福岡に行っちゃうの？」

「行かなきゃいけないんだ。しかも本社異動は大抜擢《ばってき》なんだよ」

「あたしも……一緒に行きたい」

西城がまるで哀れなものを見るような目で奇世を見た。その目はとても冷たかった。

「奇世ちゃんは連れていけないよ」

西城は用意していた言葉を自動的にスイッチを押したように言った。

「なんで？」

「奇世ちゃんはサラブレッドだから。豊田にいるべきだよ」

相手から別れを切り出されるのは初めてだった。奇世はどんな言葉で伝えれば西城の気持ちを繫ぎ止められるのか全くわからなかった。

この人はもうあたしと一緒にいたくないんだわ。あたしから離れることを決心しとる。

自分が拒絶されていることを悟った奇世は自尊心を傷つけられた。真っ正面からこんな風に拒絶された経験は初めてだった。泣いてみたり、すがってみたりすれば西城の心を少しは繫ぎ止めることができるかもしれないと考えてはみたが、どうしても奇世にはできなかった。のちに悔やみもしたが、その瞬間は泣きわめくことも、取り乱すことも我慢してしまった。つい格好つけて聞き分けのいい女を演じてしまった奇世だった。

「そう。もうあたしのこと好きじゃないの？」

「嫌いになったんじゃない。でも離れてうまくいく自信がないんだ」

「連れていかないってことは、そういうことだよね」

そのまま急転直下で西城との関係は終わった。最後に見つめた西城は、奇世の知っている西城ではなかった。もうここに西城の心はなく、次に行く場所に向かっている。あたしたちは離ればなれになるのに、どうしてもっと悲しい顔をしてくれないんだろう。この人はほんとうにあたしのことが好きだったのだろうか。

福岡まで連れていってもらえず、あっさり振られたことは完全なる敗北を意味していた。

もうこの町に西城はいない。西城が来ることのない産婦人科の事務仕事はとても虚しくて、奇世は煙草休憩に行くとついぼうっとして無意味に時間だけが経ってしまう。西城は行ってしまった。あれから連絡もない。もう忘れられたのかと思うと涙が勝手に溢れてくる。男を想って泣くなんてどえらい格好わるいわ。そう思うのに涙を拭う手を止めることができない。

新しく引き継がれた製薬会社の担当者は、静岡出身でぽっちゃりした、いつもネクタイが曲がっているごく普通の男だった。奇世の声は艶を失い、無表情でつんけんしている。化粧にも力が入らず、すっかり無愛想な事務員に成り下がった。与えられた日々が無意味に思える。自分を取り巻く何もかもがどうでもいいとさえ思う。できれば誰とも話したくない。

「そうだ、前の担当だった西城。彼、結婚したんですよ」

まだ別れて二ヶ月しか経ってないっていうのに？　嘘だ。

「誰とですか？」

「誰って豊田にいた頃からずっと付き合ってた秋田の子らしいですよ。福岡に一緒に連れていったみたいです」

奇世は目を吊り上げて、なんとか立っていた。

散々涙に暮れた後、奇世はひたすら苛々していた。

つまりあたしは二番手だったってこと。完全に秋田の子と別れとらんかったってこと。騙《だま》されとったってこと。あたしは選ばれんかったってこと。

こんな惨めな経験は奇世にとって初めてだった。秋田の彼女と天秤《てんびん》にかけられていたのを知らず、自分だけが西城と付き合っていると思い込んでいた。都合のいいようにうまくあしらわれたもんだ。悔しくて情けなくて消えてしまいたい。こんなに惨めな思いをするのなら、西城が秋田の子と結婚したことなんか知りたくなかった。自分のことを可哀想に思うことが、奇世にとっては最も虚しく悲しいことだった。

嫌なことは見事に重なるものである。奇世は看護婦たちに比べて、自分たち事務員の給料がうんと低いことがずっと気になっていた。会計、薬の引き渡し、製薬会社とのやりとり、細かい雑用をこなす事務員はいつも忙しかった。病院のロビーが患者でごった返している時に、休憩室で看護婦たちがお菓子をぱくついているのをしょっちゅう見かけると余計に腹が立った。それで、思い切って院長に給料の交渉をしたら、あっさり「もう明日から来なくていいから」と言われたのだ。売り言葉に買い言葉で、「わかりました。辞めます」と言い放ち、奇世は事務の仕事をクビになり職を失った。

無職になった奇世は荒れた。両親は、成人した奇世のことはとっくに大人として見ているのか、うるさく言われることもなかった。

めざまし時計が必要のない朝。奇世が目覚めるのは昼である。起きしなにつけたテレビで「笑っていいとも！」が放送されていると、自分が社会から置いていかれた気分になる。昼に

なってもパジャマ姿の奇世を見て、

「天下の奇世ちゃんも落ちぶれたもんだわ」

と、中三になった櫻子が一丁前なことを言う。

「あんただって馬鹿なんだで、ちゃんと勉強しなさい」

人並みに勉強も運動もできた兄姉とは違い、櫻子はどちらもさっぱりである。随分と生意気になった櫻子に、奇世も偉そうに言い返すものの、家でだらだらしている姿をしっかり見られているのでバツが悪い。


この頃、奇世は適当に男たちと寝た。失恋してからは、自分から心底惚れるというよりも、向こうから強く好きになってくれる男が欲しかった。想いすぎて傷ついた西城との恋は、奇世には相当応《こた》えた。あんなに泣いて、恋しくて苦しかったことはない。できれば二度とあんな思いはしたくない。だからまず第一に自分に夢中になってくれる人がいいと思っている。しかし飲み屋で出会ってその流れで寝た男たちは、もう一度会おうとは言ってこなかった。もちろん奇世からも絶対に連絡はしない。

夜の交流の場で、奇世はいつも以上に高飛車な女を演じていた。男たちは、そういう女を一度は抱きたいと思っても、深入りすることは面倒に思うのかもしれない。

ひとりホテルから出た帰り道はいつも虚しかった。付き合ってもいない男と揃ってホテルから出るのは嫌だった。だから奇世は、決まって男より先にホテルを後にした。

早朝、悪趣味なデザインのホテルを眺めながら、これからホテルに入ろうとするいちゃついたカップルを少し軽蔑し（自分のことは棚に上げて）、奇世は自分がからっぽになっていることを感じる。

寂しさの隙間《すきま》を埋めるために男と寝たはずなのに、次の瞬間にはもうからっぽになっている。いや、最初からからっぽのままだったのかもしれない。でも見知らぬ男によって寂しい夜を乗り越えた達成感はある。ひとりきりで家に帰る時間、奇世は自分が大人になったこと、そして自分が女であることを感じた。

あたしのことを愛してくれる人はおるのかしらん。

ひとりぼっちになるとやっぱり涙がこぼれた。


暇を持て余している奇世を見かねた一吉に誘われて、一緒に名古屋まで出掛けることが増えた。長年ただただ怖く疎ましい存在でしかなかった一吉と大人として付き合えることは奇世にとって嬉しいことであった。一吉にとっても奇世は美しい自慢の娘である。

一吉は数年前から前髪の生え際が後退し始めたが、頭頂部まで薄くなると、早い段階で見切りをつけて、潔く坊主頭にした。坊主頭というより、スキンヘッドと言ったほうが正しいその様は、筋肉質の風貌と見事にマッチしてとても堅気には見えない。

名古屋まで出掛けると、大食いで早食いの一吉に合わせて、ものの30分で手羽先やら名古屋コーチンやらの食事を済ませる。

「お父さんとり皮ばっか食べとる」

「皮が一番脂があるだろう！　肉は脂身が一番うまいんだ！」

「食べすぎだて」

50代半ばになっても未《いま》だに脂身ばかりを好む一吉だった。その後は一吉に促されるますぐに錦の飲み屋に向かう。栄や錦で遊ぶようになるなんて大人になったものだ、と奇世は思う。

錦通にはメルセデスベンツやBMWなどの外国車からクラウンなどの高級車ばかりが道の両側にぎっしり駐まっている。その中にワックスでぴかぴかの一吉の黒いクラウンも堂々と駐められていた。

一吉が連れていくのはいつも同じスナックだった。焦げ茶色の木の重い扉を開けると、煙草の煙が漂う落ち着いた空間から艶《なま》めかしい声が聞こえてくる。

「いらっしゃいませ」

出迎えた女性は、グレージュ色の単《ひとえ》の着物に高そうな名古屋帯を結び、まとめられた黒髪が艶やかで美しい。うなじが綺麗に見えるように計算された着付けといい、体は小さいが迫力があった。

「綾子《あやこ》！　来たぞ」

「一吉さん、いらっしゃい。今日は奇世ちゃんも一緒なのね」

店のママは石田《いしだ》綾子といった。酒が一滴も飲めないというのに一吉はこの店を馴染みにしていた。奇世はすぐに一吉が綾子を気に入っているのがわかった。一吉は背が低く小柄な女が好みで、綾子の体形はサチ子に似ていた。そして一吉と何度も店に通ううち、まるで家で過ごしているかのようなくつろぎっぷりや横柄な態度、二人の会話の端々から、二人の関係は特別なもので、この店は一吉が綾子に持たせたものなのだということを悟った。

一吉がトイレに立った隙に、

「このお店ってもしかしてお父さんが綾子さんに持たせとるの？」

とカウンターから身を乗り出して綾子に聞いたら、

「さすが奇世ちゃんはするどいね。でも一吉さんには奇世ちゃんが気づいたことは言わんであげてね」

と答えた。綾子に忠告されなくてもそんなことを聞けるわけがない。

他の客たちが帰った後も、酒に強い奇世が、高級なウイスキーやらバーボンやらをここぞとばかりに飲んでいると、一吉は、

「お前もそろそろ帰れ。ほらこれでその辺のホテルにでも泊まれ」

と言って万札を数枚握らせ奇世を店から出そうとした。綾子と二人きりになるためだ。

つまり一吉が奇世を連れてくるのは、サチ子に怪しまれぬためのカモフラージュなのである

が、錦で美味しいお酒が飲めて適当に遊べるのは好都合だった。奇世はサウナに泊まったり、そのまま朝まで別の飲み屋をはしごしたり、男と寝たりした。
そんな自堕落な生活を送る奇世とは対照的に、奈緒美は仕事に懸命だった。誘えば、変わらず付き合ってくれる奈緒美だったが、適当な時間には必ず帰っていった。堅実に、真面目に働いているその姿にまた奇世は置いていかれている気持ちになる。

綾子と一吉の関係は続いた。その事実に気づいていたのは奇世だけだった。いわゆる愛人を持っている父親に対して、多少の軽蔑はあったものの、綾子が美しく知的な女性だということで納得ができ、サチ子が可哀想だとは思わなかった。綾子は魅力的だった。一吉という人間を受け入れているのはサチ子も同じだが、決定的に違ったのは、綾子がいつもにっこり笑って一吉を見つめているところだった。一吉が惚れるのも無理はない。

それから奇世は、ただ時間が過ぎるのを待っているようなくだらない一年を過ごした。何をしとるんだろう。何がしたいんだろう。寂しさを紛らわすため、時間をやり過ごすために酒を毎日飲んでいたらすっかり酒に強くなってしまった。奇世は23歳になっていた。
西城への失恋がきっかけで、ここまで自分がだめになるとは思いもしなかった。でも本当は、西城に振られた悲しみよりも、自分のプライドを傷つけられたことが一番許せなかったのかもしれない。

一年の間、働けとも言わずに家に置いてくれた両親の顔が浮かんだ。

もういい加減にせないかんわ。

あたしは生まれ変わる。そう決意して、奇世は一吉の妹夫婦が営んでいる紳士服の店で働かせてもらうことになった。


「奇世ちゃんみたいな綺麗な子がお店に立ってくれたら、こっちも売り上げが伸びて助かるわ」

一吉の妹の美江《みえ》はがたがたの歯並びの出っ歯をむき出しにして笑った。初出勤の日、奇世はいくらか緊張していたが家庭的な店の雰囲気に助けられた。奇世の家から車で10分ほどの大型デパートの中に、紳士服店「シャングリラ」は入っていた。30平米ほどのこぢんまりとした店だ。

美江からはあらかじめ会計のやり方、ネクタイとワイシャツが主力商品であること、商品ストックの位置について説明されたくらいで、あとは「奇世ちゃんはオシャレだで、奇世ちゃんが思うようにお客さんの服をコーディネートしてあげたらいいで。自由気ままにやってちょうだい」と任せてもらえた。

初めて店に立った瞬間、接客業は自分に合っていると直感した。黒やグレーのスーツだらけの店内で、明るい笑顔の奇世はたったひとつ光り輝く宝石のようだった。奇世が店に立つと、吸い込まれるようにして客が入ってくる。美江が「すごいやん。奇世ちゃん効果だわ」と言いに来るほどだった。

店の華としてお客様の目に触れるために、奇世はいつも美しく身支度することを心掛けた。店に立つ時は私服で、毎日綺麗な色のワンピースを選んだ。

「シャングリラ」は、美江の他に5歳上の店長のシュウと三人でまわしている。シュウは結婚していて、なかなかのいい男だった。奇世に対しても何かと親切にしてくれるし、接客の仕方を見ているとシュウのきちんとした身のこなしと、てきぱきとしたコーディネートのアドヴァイスで顧客が多くいるのがわかる。美江の夫のヨウジはオーナーとしてたまに顔を出す程度だったけれど、小柄でいつも静かに微笑んでいる紳士的な姿を見るのが奇世は好きだった。美江は流石《さすが》は三上家の血筋というか、一吉と血を分けた妹だけあって小柄だが豪快さや行動の大胆さは一吉そっくりだった。だからこそ寡黙でゆったりと歩くヨウジは三上家にはない男性像で「こんな父親がよかった」とヨウジの姿を見るたびに思うのだった。

「奇世ちゃんいい仕事っぷりだねえ」なんて声をかけてくれるだけで癒《いや》されるのだ。奇世はますます仕事に精を出した。

# 第三章

# 運命の人

「隆《りゅう》！　おつかれさん」

「おいっす」

店長のシュウに隆と呼ばれた男が奇世のことを見つけて、「こんにちは！」と声をかける。素っ頓狂で爽《さわ》やかな声だった。

「こんにちは」

奇世は歯を見せ、いつもの美しい笑顔で応えた。その笑顔に、隆という男はぐっと引き込まれたような様子だ。奇世のほうはというと、飛び込んできた隆の姿を見るなり、どえらい派手なちゃらちゃらした男の人だわあと思っていた。ルックスは奇世の好みのタイプではなかった。

「隆は同じ階の『マンハッタン』の店長。ほらエスカレーターの横の宝石屋の」

「藤岡《ふじおか》隆です」

「三上奇世です。お店に入ったばかりなんです」

「シュウから聞いとったよ。美江さんの姪御《めいご》さんなんだってね」

隆の胸元にはゴールドとプラチナのチェーンの細いネックレスが重ねづけされている。腕にも同じチェーンのブレスレットがつけられていて、しかも髪はパンチパーマときた。花柄のネクタイはヴェルサーチだろうか。なかなかの派手さである。見た目通り中身もたいそうちゃらちゃらした人なんだろう。こういうコテコテの名古屋の成金な感じ、ちょっと苦手だわ、と奇世は思う。

「奇世ちゃん、若いのにどえらいしっかりしとるわ。妙に落ち着きがあるもんなあ」

よく顔を見てみると隆は仔グマのような可愛らしい顔をしているのがわかった。つぶらな奥二重の目に下がり気味の眉毛。体格はスーツ姿でもがっしりとしているのがわかった。なんだあ、意外と可愛らしい顔しとるじゃん。でもタイプの顔ではないし、きっと気が多い人だろうし、女好きで調子いい人なんだろう。でも悪い人じゃあなさそうだ。

「奇世ちゃん、また遊びに来るで！」

そう言うと、隆はさっさと自分の店に戻っていった。よく通る声でよく喋る明るい人だ。

「隆、面白いやつなんだよ。しょっちゅう店に遊びに来るから奇世ちゃん仲良くしたってね」

「初対面とは思えないような方ですね」

「あいつ、ほんとに弁が立つからなあ。隆の大学時代のあだ名、『ペテン師』だったらしいぞ」

シュウは笑った。

「とは言っても、あいつ個人の売り上げはすごいんだわ。お客さんをいっぱい持っとるでかなり売り上げとる。あの話術だから納得だわ」

隆はしょっちゅう店に遊びに来た。「シャングリラ」は客がひとりも来ない時間帯もかなりあって奇世たちは暇を持て余すこともあり、そういう時に隆が店に顔を出してくれると場が和《なご》む。店頭に立つ身として、客が来ない時間帯が一番きつかった。ハンガーにかかったスーツを綺麗に整頓してみたり、ディスプレイのコーディネートを替えてみたり、ネクタイを並べ替えたりしてもう何もやることがなくなると、ただ客が来るのをつっ立って待っているだけ。お客さんがたくさん来て忙しいほうがよっぽど嬉しかった。

隆には彼女がいるだろうと奇世は感じている。確認したわけではないがわかる。彼女はいるが結婚はまだ考えられない、というような自由な独身男。シュウが結婚して落ち着いているせいか、余計に独身男と既婚男との違いがはっきり見て取れる。自由奔放で少々危なっかしいようなところが独身男の魅力だと思う。自分を自由に泳がせているような感じは奇世と少し似ているようにも思う。結婚は身を固めるもの。それまではある程度の自由な恋愛時間があってもいいのではないかと奇世は思っている。

奇世は永遠の愛を手に入れるための恋を探していた。近い将来結婚だってしたい。でも今はすこし自由に恋愛と向き合いたい。楽な気持ちで恋がしたい。それほど愛というものに絶望し、傷ついていた。すっかり恋愛というものにもブランクができてしまった。14歳で出会った男とは永遠にはならなかったし、愛してくれる男を捨ててまで一緒になりたかった男には、捨てられた。誰かと恋に落ちる感覚がどんなものだったのか、うまく思い出せなくて悲しい。その人のことを想うだけで胸が締め付けられたり、束縛したいと思ったり、嫉妬したり、会いたくて仕方なくなったりしたかった。恋は、あたしの生きる意味なのに。

「奇世ちゃんもランチ一緒に行かん？」

シュウと昼ご飯を食べるために店に来た隆が奇世を誘った。今日の隆はパープルの幾何学模様のネクタイを締めて、いつも通りぴしっと決まっている。

奇世はすっかり隆と打ち解けていた。

「向かいの喫茶店に行くで。あそこの喫茶店うまいんだわ」

「シャングリラ」に勤めるようになって数週間。ランチはデパート内のレストランフロアの店で食べたり、時間がない時は地下の食料品売り場でお惣菜《そうざい》を買ってきて店のバックヤードで食べたりすることが多かった。デパートの向かいにある喫茶店は純喫茶らしいレトロな雰囲気で、決して綺麗な店ではなかったが、落ち着く雰囲気だった。煙草の香りが染み付き、灰が落ちて所々穴が開いたベッチンのソファ、薄暗い間接照明。三人とも煙草を吸うので純喫茶は居心地がいい。

「ここは焼きカレーがうまいんだわ。ピラフにカレーソースがかかっとってそこにチーズをかけて焼いてあるんだわ」

「焼きカレーなんて食べたことないわあ」

「ナポリタンもうまいよなあ」

おすすめの焼きカレーは隆の言った通りピリ辛で美味しかった。

「奇世ちゃんは小食だよなあ」

「食べるのが遅くてね。ごめん待たせて」

「いいんだて！　ゆっくり食べやあ」

「いやいや、隆が早食いなんだて」

隆だけはとっくに食べ終わっている。

「早飯、早糞、芸のうちっていうんだぞ！」

「早く食って、早く糞を出すってことか？　食事中に汚ねえなあ」

隆はいつも輪の中心だった。隆がいるだけで場が明るくなる。三人でいる時が奇世にはとても楽しい。場が楽しい雰囲気になるように隆が気を遣ってくれているのがわかる。積極的に話をしてくれる人はとても気遣いができる人だと思う。

当の隆は奇世ばかり見ていた。そうして、

「奇世ちゃん、可愛いわ」

恥ずかしげもなくこう言うのだ。奇世は返答に困って、ただ隆に微笑みかけるのだった。

隆は奇世に気に入られようと懸命になっている。「可愛い、綺麗だ」と言われれば嬉しくなり、その気になってしまいそうだ。しかし奇世は隆に対して特別な感情は持てなかった。

それでも一緒にいる時間は心地よく、気が付いたら奇世はいつも笑っていた。魅力的な人だとは思う。でもこの人と付き合うことにはならないだろうとはっきり思える。唇を重ねるなんて、全く想像ができないし、ありえないと思う。

この頃、働くことは、生きていく上でとても重要なことだと、奇世はひしひしと感じている。病院の事務をクビになって働いていなかった一年間、自分は間違いなく堕落して、腐っていた。何事に対しても、ふてくされていたのだ。毎日やることがなくて暇で暇で、恋人もいなくて、生きている意味なんてなかった。

でもこうして週に六日、店に立って働いている今、奇世は自分という存在を持て余していない。人間、せっせと働かなくてはいけないのだ。「生き生きしとるなあ！　ええことだ！」と珍しく一吉にも褒められた。

接客の仕事は自分に向いていると思う。「いらっしゃいませ」と大きな声を出すのも最初は抵抗があったが、すぐに慣れた。自分が薦めた商品を買ってもらえると純粋にやりがいを感じる。そのお客さんが奇世の接客を求めてまた来店してくれるとさらにやる気が出た。誰かに求められているということが、自分にとって何より大きなエネルギーになるのだとよくわかった。

隆は自信に満ちていて、いつだってどこにいたって堂々としている。

「今まで勉強だって何だって真面目にやってきたし、この仕事に就いてからも俺は頑張ってきたで、将来に自信があるんだわ。男としてしっかり稼いで生きていかないかんと思っとる」

生命力に溢れていて、大きな野心と未来に対する希望が隆という人間を作り上げている。もっと稼ぎたい。高級車に乗りたい。ロレックスの時計を買いたい。とびきりいい女と付き合いたい。女にモテたい。そういう男の欲望を明確に持っているのが隆だった。

それと対照的に、シュウは妻子持ちであるゆえの責任感からか妙に落ち着いていて、常に冷静に生きているようだ。安定と平和を一番に望んでいる。気が付けば、奇世には、隆のような自由で自分の欲望のままに生きている男が魅力的に映っていた。

隆の想いは加速していく一方だった。誰が見ても明らかに奇世に惚れている。ランチに出掛ける休憩時間に「シャングリラ」にやってきては、なんとかもっと気に入られようと口説くタイミングを見計らって奇世に話しかける。いつの間にか付き合っていた彼女とも別れたようで、正真正銘の独身男になっていた（独身男だということをやたらとアピールしてきたので奇世にもわかった）。

以前にも増して奇世に対して色々な質問（行ってみたい国、将来子供が欲しいか、何人欲しいか、などやけに具体的なもの）を投げかけ、会えばまず奇世のその日の格好、髪型、メイクをやたらと褒めた。

「奇世ちゃんはほんとうに美人だわ」

「すらっとしとるし」

「華があるもんなあ」

奇世も不思議とこの過剰なアプローチが癖のようになってきていた。

どうしたもんかしら。奇世は自分で自分の気持ちがわからなくなっていた。

求愛されることはありがたく嬉しいことだし、隆の奇世に対する想いは日ごとに増していくばかりで、美江やヨウジ（もちろんシュウには一切合切相談しているようだが）も二人の動向を見守ってくれている。でも自分からのめり込むのは避けたい。のめり込んで傷つくのが怖かった。奇世は人を好きになる方法、恋の始め方をすっかり忘れてしまっているようだった。軽い気持ちでお付き合いをするのは嫌だった。今は焦らずに、ゆっくり向き合いたいのだ。


オーナーのヨウジがお店に来た。グレーのスーツに赤いネクタイが細身によく似合うスタイリングだ。また隆がお店に来ていた。

「隆くんは何に乗っとるの？」

「セドリックです。日産の」

「ちょっと隆くん、奇世ちゃんと付き合いたいなら日産の車に乗っとるようじゃいかんわ。トヨタの車に乗らな。奇世ちゃんとこはトヨタ自動車の車の部品作っとるんだで」

皆、二人が付き合うのも時間の問題だと思っているからかこんな会話が生まれる。

「なるほど！　それはいかんですね。車すぐ替えます！」

思わず奇世は笑う。あれ？　あたしまんざらでもない。奇世は自分の心が少しずつ変化していることに気づき始めていた。どうしたことか。

驚いたことに、隆は一週間後にほんとうにトヨタの白いクラウンに乗り換えたのだった。

「奇世ちゃん、ありゃあ本気だぞ」

ヨウジが言った。皺《しわ》が刻まれた顔はいくらか嬉しそうだった。

「隆ちゃんはお調子者だけど、私はいい男だと思うわ」

美江は隆のことを気に入っている。

「でも好きとは言われとらんもん」

「何を言っとるの。隆ちゃんの顔に思いっきり『好き』って書いてあるがね」

奇世の心が、隆に向かっていこうとしていた。

シュウが休みの日にも奇世と隆は二人でランチに出るようになった。二人きりの時、隆はシュウと三人の時よりもさらに一生懸命に話をする。奇世は隆の話をただ聞いているのが好きだ。

隆が両親をとても大事にしていること、若い頃から親に迷惑をかけたことがなく真面目だったこと、弟がいて既に結婚して家を出て息子がひとりいること、弟の家を建ててやったのは父親であること、両親が寂しがらないように実家に住んでいること、80すぎのおばあちゃんも健在で一緒に暮らしていること、高校・大学時代は陸上部で短距離をやっていて今よりずっと痩せていたこと（隆の少々恰幅《かっぷく》がいいところも可愛らしくて奇世は気に入り始めている）。

隆は奇世のことも知りたがった。奇世は自分のことを話すのが昔からあまり得意ではない。自分のことはそう簡単に話せない。なぜならば自分には話せないことがたくさんあるのだ。どこまで自分を明け透けにしていいのか判断がつかない。

一吉というとんでもない暴れん坊の父親がいること、意思表示のない大人しい母や、仲が良いとはいえない兄、そして7つ年下の妹のことや、高校卒業後自立するためにすぐに働き出したことをまず話した。長く付き合った男の話や自分を捨て九州に行った男の話はしなかった。その話はこれからの奇世と隆にとって、なんの意味も持たないと思ったからだ。

隆の話を聞いていると、生まれた時から何不自由なく恵まれた環境で、両親に大切にされて育てられた人だとよくわかる。両親に愛され、誇りに思われ、隆自身も両親のことを愛している。そんな純粋な隆に、自分のすべてはとても話せない。なにより本当の母親のことは。奇世は当たり障りのないことしか話せなかった。

やがて仕事が終わった後にも二人で夕飯を食べるようになった。食事をした後にはスナックに寄ってお酒を楽しんだ。隆はウイスキーのグラス片手に、全身全霊で自分の魅力を奇世に伝えようと努めた。

「俺はもっともっと仕事頑張って、しっかり稼いで奇世ちゃんを幸せにするで」

奇世を自分のものにしたくて仕方がないという、真っ直ぐな愛の言葉は、固くなった奇世の心をだんだんと麻痺《まひ》させ、溶かしていく。隆というひとりの人間の魅力が、じんわりと奇世の中に染み込んでいく。

隆の言葉には一切の嘘がなかった。

「隆ちゃんは情熱的な人だね」

「情熱的かやあ？」

「いつも一生懸命だし。いつも燃えとるかんじ」

「奇世ちゃんに会ってから、今まで以上にやる気がみなぎっとるんだわ。奇世ちゃんが見とると思うと、特に仕事はどえらい頑張れる」

「ねえ、どうしてあたしなの？」

そう言うと隆が黙って奇世を見つめた。

あたしはこの人とほんとうに付き合うのだろうか。奇世はまだ想像ができないでいるのだ。

「だって奇世ちゃんみたいな子、どこを探してもおらんから。顔も、中身も、スタイルも、真面目なところも何もかも好きなんだわ」

店内には他に二組のカップルがいた。奇世と隆はテーブル席に座っていた。つまみのミックスナッツはほとんど隆が食べ、灰皿の煙草の吸い殻の量が過ぎた時間の長さを表している。

奇世は手持ち無沙汰《ぶさた》で何度もおしぼりで手を拭《ふ》いた。隆は、自分の体をぐっと奇世のほうに向けた。隆の目はいつになく真剣だった。まさに今、決定打を放とうとしているのだ。真っ直ぐに視線を奇世に向け、太腿に置かれている奇世の両手を握ると、

「俺と付き合って」

そう言った。奇世は何も言えないまま固まっていた。正直なところまだ決心できていなかったのだ。でも、どこか頭の中のさほど遠くない場所から『そんなにあたしのことを想ってくれるのなら』という気持ちも込み上げてくる。

何をそんなに悩んでいるのか。こんなに想ってくれている人がいるというのに。でもほんとうにこの人なのだろうか。頭の中で目まぐるしく色々な自分が顔を出し激しい議論を交わしている。早く、返事をしなくてはいけない。でも、あたしはなんと答えるのだろう。

「奇世ちゃん、俺と付き合って」

隆はさっきよりも強い気持ちを込めたようにもう一度言った。まるで時が止まったかのように、奇世の耳の中から雑音がかき消された。思考が停止したかのように沈黙する。なんとか隆のほうを見ると、隆は不安そうな顔をせず、堂々とした姿勢で奇世を見つめている。そのつぶらな黒い二つの瞳は『奇世ちゃん、信じて』と訴えているようだった。

もう首を横に振る理由など、どこにもなかった。奇世は何度も頷いた。気の利《き》いた言葉など発することができなかった。

するとの隆の顔が一瞬にして輝いた。

「付き合ってくれるの？」

「はい」

飛び込んでみよう。

「私でよければ」

「ありがとう」

隆が奇世の右耳あたりを撫でるようにさっと触った。奇世は視線を逸らさずに隆の目を見ている。

「その目が好きだ。そういう強い目が」

奇世はただ願いを込めて見つめ続けた。

「焦らんでいいで。ゆっくり付き合っていこうよ」

隆の目には嘘がない。

「これからよろしくお願いします」

隆が右手を差し出した。初めてちゃんと隆の手を握った。さほど大きくはないが、その手はとても分厚かった。仰々しく握手だなんて、奇世はまた隆を面白いと思った。

隆と正式に付き合うことになったのが奇世にはまだ信じられない。ほんとうによかったのだろうか。でも、隆は焦らなくていい、ゆっくりでいいと言ってくれた。その言葉が奇世の気持ちをゆっくり動かしたのだった。

そんなに好いてくれるなら、付き合ってみようと思うことができた。そんなに好いてくれる人を拒絶する理由などなかった。これからゆっくりでいい、隆のことをどんどん好きになれたらいいと思う。


休みの日に自分にはちゃんと予定があり、しかもその予定が付き合っている男とのデートだということは、奇世にとって大きな悦《よろこ》びであった。奇世は隆との初めてのデートのためにマスタード色のタイトなワンピースを選んだ。ウエストの細さが強調されるデザインで気に入っている。アクセサリーは控えめにした。下手に身につけると宝石屋の隆にどう思われるか不安だったからだ。

豊田の実家まで奇世を迎えに来ると、隆は自分の実家のほうに向かった。

「ばあちゃんの散歩にちょこっとだけ付き合ってくれる？　すぐそこの神社までだで」

初めてのデートは、何故か隆の祖母の神社への散歩に付き合うことから始まった。年老いてすっかり腰の曲がった隆の祖母は、白のバレエシューズを履いて、とても小さくて可愛かった。

「隆とお付き合いしとる方だね？」と小さな声で聞かれた。奇世は隆をちらりと見た。

「はい。隆さんとお付き合いさせてもらってます。奇世です」

名乗った時、奇世はほんとうに隆の女になったのだと実感した。そしてこの瞬間、奇世にひとつの覚悟が生まれた。ちゃんと隆のことを見つめていこうと。

三人で隆の実家近くの小さな神社にお参りをして、祖母の歩幅に合わせてゆっくり一周した。奇世が着てきたマスタード色のワンピースは膝《ひざ》下丈で歩きづらかったものの、15分ほどで神社をぐるり一周した。そして祖母を送り届けてから、奇世と隆は名古屋まで出掛けた。

「また来やあね」

別れ際、小さな声で祖母が言った。やさしい声に奇世の心は温かくなった。

気が付けば時刻はもう夕方になっていて、隆があらかじめ予約をしていたシティホテルの鉄板焼きの店に入った。付き合っている男に高級なレストランを予約してもらったのも奇世にとっては初めてのことだった。

隆のうしろにくっつき重い扉を開けて店に入ると、ぴかぴかに磨かれて銀色に輝く鉄板を備えた、大きなカウンターが目に飛び込んできた。間接照明により店はオレンジ色に染められている。十席ほどのカウンターと奥のテーブル席のみの、隠れ家のような鉄板焼き屋は奇世をすこし緊張させた。

「素敵なお店」

「奇世ちゃんにいいとこ見せないかんでなあ。味も洒落とるよ」

隆は奇世に尽くし喜ばせようとしている。そしてどんな時でも堂々としている。

二人はカウンター席の真ん中に案内された。マスタード色のワンピースを着た奇世は天井からの間接照明を浴びてうっとりするほど美しく見えた。実際に他の男性客がちらりと奇世を見ている。

食事は伊勢海老《いせえび》の入ったカクテルサラダから始まり、玉蜀黍《とうもろこし》のポタージュスープ、ヒレステーキ、ガーリックライスが次々と手際よくサーブされた。どの料理も素晴らしかったと思う。しかし緊張しながら綺麗な食べ方を心がけていた奇世は、ほとんど味を憶えていない。奇世が食べられない分は隆が気持ちいいくらいぺろりと平らげてくれた。よく食べる隆は生命力に満ち溢れている。美味しそうにたくさん食べる男はいいと奇世は思った。

食後の珈琲を飲み終えると時刻は真夜中を迎えようとしていた。

「遅くなっちゃったなあ」

奇世を家まで送る車中では、FMがチューニングされジャズが流れ、アルトサックスが官能的なソロを奏でていた。ロングトーンが心地よい。ふいに隆が奇世の手を握った。強く力を込めて握るその様は言葉にならない愛しい気持ちを伝えようとしているようだった。窓の外は名古屋の賑やかな景色からだんだんと灯《あか》りが少なくなっていく。隆の手が汗ばんでいた。それすらも愛おしく感じる。

「今日はほんとうにありがとう。ごちそうさまでした」

「また明日、店でね」

「明日も会えるもんね」

明日も会えるというのに互いに名残惜しくて、いつまでも車の中でくっついていた。

奇世が車から降りようとした時、「奇世ちゃん、これ」と言って隆が小さな箱を差し出した。奇世は目を輝かせて隆を見た。箱の中身はすぐに予想ができた。小さな箱を開けると、そこには真っ赤なルビーの指輪があった。華奢《きゃしゃ》なゴールドのリングに真っ赤なルビーが輝いている。

「こんなすごいもの……ルビー。貰っていいの？」

隆ははにかみながらも自慢げだ。

「嬉しい！　隆ちゃん、ありがとう」

最初のデートで指輪を貰ったことなど勿論《もちろん》一度もない。奇世にとって今日は初めてのことだらけである。

「こんな素敵な指輪を貰ったのに、あたし、何も返すものがないわ」

「そんなのええって。これは奇世ちゃんに絶対似合うと思ったで」

指輪をどの指にはめるのが正しいのか。付き合って初めてのデートでいきなり薬指にはめるのは違うような気がする。あれこれ思いを巡らせているうちにとりあえず中指にはめてみると、指輪はぴったりとおさまった。

「わあ、綺麗。一生大切にする」

「一生一緒におってほしい」

奇世の顔に笑みがこぼれる。

「隆ちゃん、ちょっとあっち向いて」

奇世は夢の中にいる。高価な指輪を初めてのデートで好きな女にプレゼントするなんてキザな人。奇世は隆のほっぺにお礼のキスをしようとした。すると隆がなぜか奇世のほうに顔を向けたので、奇世は隆の唇にキスをすることになった。思わず奇世は笑った。

「ちょっとー隆ちゃん、あたし今ほっぺたにキスしようと思ったのに」

「え？　そういうことだったのか！　全然わからんかった」

この人のことが好きだ。きっとこれからもっともっと好きになってしまうのだろう。奇世は隆に心から感謝した。


奇世の中指には真っ赤なルビーが光っている。今夜は仕事の後にとんカツを食べに来た。奇世はヒレカツをソースで、隆はロースカツを甘い赤味噌のたれで食べてご飯までおかわりした。隆と食べる食事は美味しかった。隆は行きつけの店をたくさん持っていて、どこに行っても居心地がよく、奇世も気に入った。

「隆ちゃんはなんであたしと付き合いたいと思ってくれたの？」

逆さまに向いた隆の濃い睫毛《まつげ》を奇世は見た。隆はキャベツにソースをべったりかけている。

「奇世ちゃんがお店に立っとって、あの時『シャングリラ』はワゴンサービスをやっとった。散らかったネクタイを奇世ちゃんが畳んどる後ろ姿がどえらい寂しそうだったんだわ。俺はそれを見てこの子は俺が絶対に幸せにしたらないかんと思った」

奇世の胸が締め付けられる。

奇世はずっと寂しかった。好きだと言ってくれる人も綺麗と言ってくれる人もいた。けれど誰も自分の寂しさに気づいてはくれない。人生に諦めのようなものを感じていた。

無性に誰かに愛されたかった。恋は生きる意味だ。隆は大きな愛で奇世を抱きしめることでそれを教えてくれる。隆はひとりぼっちだった奇世を見つけた。

隆がたいせつにしてくれるように、あたしもこの人を絶対にたいせつにせないかん。

奇世は愛されたいと思う以上に、初めて自分から愛を差し出したいと思っていた。

「隆ちゃん、あたしを見つけてくれてありがとう」

奇世の目尻に涙がにじむ。嬉しくて涙を流したいと思うことがこんなにも幸せなことかと思い知らされる。

「俺のほうが一緒におってくれてありがとうだて。あの時の奇世ちゃんの後ろ姿は忘れられん。思わずぎゅってしたくなった。俺はずっと奇世ちゃんのこと見とったし、これからも見とるでな」

鬚《ひげ》の毛先が顔を出した隆の顎《あご》を見つめた。顎の鬚すら愛しいと奇世は思う。

「奇世ちゃんは一見派手な人に見えるけど、中身はどえらい質素で真面目で大人しい。だんだん知っていくうちにそういうところも魅力的だと思った」

とんカツ屋ののれんをくぐって店の外に出ると、隆は奇世を抱き寄せた。ほのかに爽やかな香水が香った。奇世の骨張った背中が隆のどっしりした腕にしっかり包まれる。隆の体温はいつも高い。洋服を通して体温が伝わった。歩道には二人だけだった。寄せられた隆の唇は薄く柔らかで、今度は奇世のほうが厚い唇で隆を包み込んだ。

隆が一宮《いちのみや》の店舗に異動になった。一宮の店舗は今いる豊田の店の倍の額を売り上げているらしい。その店舗の新店長としての異動は大抜擢だ。だから隆から異動を伝えられても、奇世はちっとも悲しくなかった。

「職場は離れても、どっちみち俺らは一生一緒におるんだで」

隆は一生一緒にいたいという意思を明確に表示する。

何より隆の仕事がうまくいっていて楽しそうなことが奇世は嬉しかった。働き者の隆はとても魅力的なのだ。

「ゆくゆくは自分の宝石店を持ちたいと思っとる。一宮に異動して様子を見ながらなるべく早く独立するで。宝石を売る仕事は天職なんだわ。将来この仕事でしっかり稼いでいくで、奇世ちゃんは何も心配せんでいい」

隆は奇世との将来を思って野心をむき出しにしている。「成功したい」という強い意思は隆をより一層男らしく輝かせる。この人は将来必ずその目標を達成するだろう。奇世にはそれがわかる。さほど遠くない隆の思い描く未来にほんとうに自分もいるのだろうか。いたい、そう切に願う奇世だった。奇世は正式な男女の関係として互いが互いを認識し、人生をともに生きている幸福を嚙《か》み締めている。

一宮に異動してからさらに忙しくなったはずなのに、隆は仕事が終わると豊田まで毎日一時間ほどかけてやってきては奇世と夕飯を一緒に食べ、送って帰っていく。睡眠時間を削り、往復二時間をかけてわざわざ奇世に会いに来た。

たいせつにされとる。仕事に対しても自分との関係にも何もかもこの人は誠実で一生懸命だ。そういう隆の存在は奇世にとって刺激でもあった。あたしも一生懸命生きないかん。怠けたらいかん。隆は奇世にたいせつなことをたくさん教えてくれる。

隆の両親に会うのは思いのほか緊張した。「気に入られたい」という思いが奇世を強張らせたのだ。隆の家は昔ながらの立派な一軒家で、きちんと手入れされた日本庭園があり、小さな松の木が個性的に枝を湾曲させそびえ立っていた。庭園のシンボル的存在として大きな四角いレンガ色の御影石《みかげ》がよく目立つ。家の入り口は大きな引き戸で、がらがらと音を立てて戸を開けると、タイルの床の玄関に桐《きり》の木で作られた式台があった。式台は磨りガラスの戸で仕切られており、戸を開くとそこが居間だった。居間は畳の上に分厚い洋風の絨毯《じゅうたん》が敷かれていて、どこか懐かしいかんじがした。

「いらっしゃい」

笑顔で奇世を招き入れた隆の父の利《とし》は、一吉と変わらない年頃ながら髪が有り余るほどふさふさでしっかり黒染めされ若い印象だ。笑うと糸切り歯の部分に金歯が見えた。銀歯じゃなくて金歯をかぶせている人なんて初めて見た、と奇世は驚いた。銀歯はとても情けなく見えるのに金歯は高価で裕福な印象を与えた。隆がプレゼントしたのだろうか、開いた麻のシャツの胸元にはゴールドの平べったいチェーンのネックレスが光っている。薄い色付きの眼鏡を掛けた利は、どこかの組の親分のように見えた。

小柄な利の横で、母の絹代《きぬよ》はさらに小さくはにかんでいた。背丈は小柄なサチ子よりもさらに小さいくらいで、黒髪のセミロングをオールバックのひとつ結びにしてピンクの口紅を塗っていた。目の色素が薄く、肌もまさに絹のように白くキメ細かく美空ひばりを彷彿《ほうふつ》させた。中年らしく贅肉でもったりとした腰回りのわりに手脚が細い。頬はこけて小作りな顔をしていた。そして居間のテーブルには神社の散歩にお供したするゑおばあちゃんが静かに座っている。

「よう来てくれたね」

主の利が改めて奇世を歓迎した。

「おじゃまします。ほんの心ばかりの品ですが」

奇世は手土産《てみやげ》の苺《いちご》大福を差し出した。

「まぁそんな気を遣わんでもええのに」

利が紙袋を渡すと絹代はお勝手に持っていった。

「絹代、お茶出したれ」

利が絹代に声をかける。すゑおばあちゃんは定位置に落ち着いて動く様子はない。

「仏壇さんに挨拶しようか」

隆が言った。居間の奥にはもうひとつ掛け軸がかけられた和室があり、見たこともないほど大きく立派な仏壇があった。高さは2メートルをゆうに超えているのではないだろうか。ぴっかぴかに磨かれ、金色に輝く仏壇は、藤岡家が代々たいせつに守り続けている一家のシンボルなのだろう。

「立派なお仏壇さんですね」

思わず溜め息が出るほど眩しく神々《こうごう》しかった。

「この仏壇さんはしっかり守っていかないかんでね。しょっちゅう磨いて大事にしとるんだわ」

「こんなに凄《すご》いお仏壇さんを見たのは初めてです」

「ほだろう。こんな金ぴかの仏壇さんはうちにしかないわ。母さんはこの仏壇さんに向かって毎日お経上げとる」

隆の横にぴたりとくっついた奇世が見上げた先には、スーツ姿の老人の白黒写真が飾られている。

「この写真は？」

「これは亡くなった俺のじいちゃん。だで父さんの父さんだよ」

細くやさしい顔が自分を見つめているかんじがする。

居間に移動し皆が座った。奇世は背筋を綺麗に伸ばし正座した。

利は上機嫌で大変に嬉しそうだ。

「おい絹代、お茶まだか？」

利が台所の絹代に向かって声をかける。

「はーい。ちょっと待っとって」

「うちは母さんが嫁入りした頃にはちょこっとだけ景気が良くてお手伝いさんがおったらしいんだわ。当時家のことは全部お手伝いさんがやってくれとったと。だから家事とかあんまりしてこんかったで苦手なんだわ。掃除は父さんの趣味だで父さんが毎日やっとるし、母さんはあんまり器用なほうじゃないんだわ。かんにんしたって」

三上家よりも藤岡家のほうがずっと家の中が賑やかだった。会話のテンポがいい。するゑおばあちゃんも長寿で80歳を超えているがボケとは無縁、ゆっくりながらも言葉ははっきりしている。背を丸めてお茶をすする姿が愛らしい。奇世はすっかりするゑおばあちゃんに親しみを感じている。しかも藤岡家の家計を一手に担っていたのは仏壇に入っているおじいちゃんでも利でもなく、この小さなするゑおばあちゃんだったというから驚きだ。

するゑおばあちゃんは利が幼い頃から反物を売り歩いていた。重い反物を背負って家から家へと売り歩いた。もともと商才があったのか、するゑおばあちゃんの反物は飛ぶように売れた。高価な反物を仕入れてはさらに高く売った。そうしてたったひとりで財を成したというのだ。そのおかげで仏壇のおじいさんは働く必要がなかったそうだ。この藤岡の家もするゑおばあちゃんが建てたものらしい。

それを聞いてさらに奇世はするゑおばあちゃんのことが好きになった。女でこれだけの一家の大黒柱になるなんてどれほど大変だったことだろう。するゑおばあちゃんは億単位のお金を稼いだ。利も働いた経験がなく、株でお金を増やしてきたという。するゑおばあちゃんは利以外に三人の息子を産み、その息子たちにもそれぞれに家を建ててやった。長男の利は藤岡家の跡継ぎとしてするゑおばあちゃんにとって特別な存在で、建てられた家も弟たちに比べて大きいらしい。

するゑおばあちゃんと隆は似ていると奇世は思う。隆もするゑおばあちゃんのように生粋の商売人だ。同じデパートで働いていた当時に隆が接客している姿を何度も見に行った。表情は生き生きとして、しっかりとお客さんの目を見つめ、その接客は堂々としていた。ジュエリーカウンターの中はまるで隆のステージに見えた。隆だけに向かってスポットライトがしっかり当たっているようで、これは隆の天職だ、と奇世は思った。するゑおばあちゃんの血を受け継いでいる隆は間違いなく宝石を売るという仕事で成功するだろう。

藤岡家はとても賑やかで、日常的に家族がたくさん会話を交わす家だった。会話がなくいつも家の中がしんとしている三上家とは大きく違った。藤岡家の人たちは、強く固い絆で結ばれている。奇世にはそうはっきり映った。隆は藤岡家でも輪の中心だった。両親に深く愛され、祖母からも可愛がられ、隆のほうも両親と祖母を大切にしているのが切なくなるほどわかった。お互いがお互いを愛おしくてたまらないのだ。深い愛で結ばれた家族の姿を見て奇世は胸が締め付けられた。自分が絶対に入り込めない、見えない分厚い膜が一枚そこにあるのを感じるのだった。

これが本物の家族の姿なのだろうか。隆は藤岡家の自慢の長男だけれど、自分は三上家にとってそういう存在なのだろうか。自慢に思われたことがこれまでにあったのだろうか。心の底から両親に愛しいと思われたことがあったのだろうか。あたしの居場所はあの家のどこかにあったのだろうか。自分自身も家族を愛しいと思ったことがあったのかわからない。

奇世は強く決心した。あたしは隆と家族を作る。本物の家族を作るのだ。その決意が奇世を奮い立たせていた。

奇世は隆の両親に気に入られた。きっとこの家に嫁ぐのだろうと隆の実家に足を踏み入れた時、そう感じていた。破ることのできない分厚い膜を一枚感じたくせに、この家で自分が未来を生きている姿が見えた。隆の実家で両親に会ってからというもの、これまで以上に隆と奇世ははっきりと結婚を意識し出している。

「奇世ちゃんのご両親にも会わないかんね」

隆がそう言ってくれた時は結婚はいよいよだと感じた。何故なら奇世はこれまで一吉に一度も付き合っている男を紹介したことがないからだ。恐ろしい一吉に交際相手を紹介する時は結婚を決めた時以外ありえなかった。


奇世と隆の仲は猛スピードで深まっていき、毎日会っても足りなくて、二人は早く結婚して生活をともにすることを夢見ていた。

ただ隆は少々気の多いところが露呈し始めていた。奇世にぞっこんのくせに、車でデート中に綺麗な女の人が通ると、隆は必ず運転席からその女の人を目で追った。

「ちょっと隆ちゃん、今通った女の人のこと見とったでしょ?」

「ああ、見とった」

「もう、ほんとに気が多いんだから。油断も隙もないわ」

「男なんてみんなそういうもんだて」

隆は悪びれない。

「奇世ちゃんを愛することと、他の女の子が気になることとは全く別の話なんだわ」

「そういうの、女のあたしにはわからん」

隆は馬鹿正直なところがある。この人は浮気をしても絶対に隠すことができないタイプだ。

いつか浮気をする日が来てしまうのだろうか。想像するだけで奇世の胸は痛む。

二人の手は運転中もしっかりと繫がれている。隆は必ず奇世の手を握って離さなかった。隆の手のひらはいつも汗ばんでいるのに、奇世はその手の汗さえもやっぱり愛おしい。

奇世と隆は互いに実家暮らしのため、たまにホテルに泊まるようなことがあってもそれぞれの家に帰る。

最近一吉は家にいることが多くなり、競馬ばかりやっている。三神工業に勤めて八年目になる兄の幸は、将来一吉から社長の座を譲り受け跡継ぎになるべく、もともとの真面目な性格もあって一生懸命働いている。工場の年輩の従業員からも評判がよく、一吉は幸に多くのことを任せるようになったので徐々に引退に向かっている。

家にいる一吉と反対に、サチ子は多趣味で編み物教室に行ったり、着付け教室に行ったり、習い事をとっかえひっかえしている。櫻子が高校に入り、手を離れると、サチ子はよく外出するようになった。相変わらず一吉がしょっちゅうサチ子を怒鳴り散らしていたが、夫婦で夜に散歩したり、朝に近所の喫茶店にモーニングを食べに行ったり、仲がいいんだか悪いんだかよくわからない。

櫻子は来年高校を卒業して社会人になるというのに、家のことは一切やらないし、自分の部屋を掃除しているのは見たことがないし、キティちゃんだらけの子供っぽい部屋はどうにかしてほしいし、だらだらしているところしか見たことがない。食べ終わった食器さえ絶対に片付けない。それを注意しないサチ子もどうかと思うが世話の焼ける妹である。

幸は二年前に奇世の高校の同級生と結婚した。嫁は派手な奇世とは正反対の家庭が似合う大人しい人だった。

「幸さんの妹さんが奇世ちゃんだって聞いた時はほんとうにびっくりしたわ。だって高校時代の奇世ちゃんって、怖くて怖くて全く近づける雰囲気じゃなかったもん。それが義理の妹になるなんてね」

兄の嫁の亜紀《あき》は記憶にも残っていなかったが、とても素直な人で奇世は好印象を持った。この三上家に嫁に来てくれたのだ。深く感謝し、その決意を称えるべきだと奇世は思う。亜紀のお腹には赤ちゃんがいる。自分にとって姪っ子か甥《おい》っ子になる子なのに奇世には全く愛着がわかない。気を遣って、大きなお腹を触ってみても感動もしなければ嬉しい気持ちにもならなかった。

亜紀は三上家に入ってきた人、あたしは三上家から出ていく人。あたしはもう蚊帳《かや》の外なのだ。もう、『三上家』という家族を作るメンバーの一員ではないのだ。怖がっている場合ではない。勇気を出して奇世は一吉に言う。ちょうど夕方の相撲の放送中で、一吉はヤジを飛ばしながら画面に釘付けになっている。

「お父さんに会ってほしい人がおるんだけど」

一瞬にして一吉の顔が険しくなる。眉間《みけん》にしっかりと皺をよせて。

「どこの奴だ？」

「どこの奴って、もともと『シャングリラ』と同じ階の宝石店の店長やっとった人。どえらいいい人」

「どこに住んどるだ？」

「名古屋の中村だけど」

「名前は」

一吉はメモを取り出す。

「藤岡隆」

「生年月日は？」

「ねえ、なんでそんな細かいこと聞くの？」

「どんな奴か調べないかんだろう」

「そんな調査みたいなことやらんでよ」

「お前の将来のことだろう。先生に相談するだ」

一吉は隆に関することを一通り聞くと自分の部屋にさっさと行ってしまった。

一吉にはこのところ「先生」と呼んでやたらと慕っている人がいた。聞くところによると「先生」は黄土色の着物を着た小柄な老人らしい。一吉は経営に関する不安や従業員との関わり方、将来的に跡を継ぎたいと言っている幸のことなど、悩みは尽きないらしく、強気に見せているが自分の心のうちを誰にも打ち明けることができず苦しんでいた。眠れない日が増え何かにすがりたい、誰かの助言が欲しいと密かに思っていたところ、知り合いの経営者に「すごい人がおる」と紹介されたのが「先生」だった。この頃の一吉は、すっかり「先生」なしでは何も決められないような状態になっており、一吉曰《いわ》く「先生」は止まってしまった時計の針を動かしたり、もうすっかり動いていない機械を動かしたりすることができるらしい。

「なにそれ、でら胡散《うさん》臭いやん。お父さん騙されとるて」

「なに言ってけつかる。先生はほんものだ。そいつのことも先生にしっかり聞いてくるだ」

「やめてよ。そんなこと」

「先生は何でもわかるんだわ。お前が一緒になって幸せになれるか聞いてくるで」

一吉は先生にかなりのお金を積んでいるらしい。

予感は見事に的中した。

目覚めた時から今日が特別な日になることを感じ、奇世はお気に入りの赤の薔薇柄のワンピースを着て仕事に出掛けた。奇世の職場「シャングリラ」があるデパートまで迎えに来た隆はいつも以上にスーツの着こなしが洗練されていた。グレーの細いストライプの入った黒いスーツにブルーの花柄のネクタイは奇世も思わず惚れ直すほど。

隆のクラウンが停まっているのを見つけるといつだって奇世の心は躍り、車のドアを開けて乗り込む瞬間は初めてのデートのようで頬が紅く染まった。

「奇世ちゃん今日も綺麗だわ」

隆は恥ずかしがることなく奇世を褒める。そんな隆の言葉は魔法のように奇世を気持ちよくさせる。

栄のイタリアンレストランで大きなテーブルを挟んで二人は見つめ合っている。たった今、奇世は隆から正式にプロポーズされた。決意を込めた視線が奇世を離さないまま差し出された箱には、大きなダイヤモンドが光り輝いていた。その立派な婚約指輪は奇世との結婚に対する相当な覚悟の表れだった。「結婚してください」というシンプルな言葉のあとで、隆が奇世の左手の薬指にはめた輝く婚約指輪は幸せの証だった。指輪は隆からの愛の証でありそれは奇世が生まれてきた意味だった。

一吉は名古屋に通うことがめっきり減った。綾子ママと関係が切れ、それと引き換えに「先生」にのめり込んでいった。

「おい奇世、ちょっと来い」

リビングで相撲を観ている一吉に呼ばれる。

「結婚はだめだ」

一吉はテレビから視線を逸らすことなく奇世のほうを一切見ない。

「なんでよ！」

「先生に聞いたらなあ、奇世は西に行くと不幸になるって言われただ。そいつの家の方角は西だぞ。そいつんとこに嫁いだら不幸になるって言われただ。そんなところに嫁にやれるか！」

「そんなの関係ないわ」

「いかんだ！」

「そんなの納得いかんて！」

「いかんって言っとるだろ！　先生の言うことは正しいんだ」

「会ったら絶対にいい人だってわかってくれるのに！」

「うるさい！　そういう問題じゃないだ！」

サチ子が申し訳なさそうな顔をしている。お母さんも何か言ってよ。なんで助けてくれんの？　サチ子には隆がどんな家の人でどんな将来性がある人なのかちゃんと伝えていた。サチ子だって「それはいい人だわね」と言っていたくせに。

結婚を反対されればされるほど奇世と隆の仲は熱く燃え上がっていった。

意味不明な「先生」の助言なんかであたしたちの人生が決められてたまるかと思いながらも、自分たちの結婚はたくさんの人たちに祝福されたかった。奇世は三上家を出て、藤岡家に嫁ぐ。

家族が変わるのだから、双方の両親に認めてもらわなくては結婚はできない。

一吉が反対していることを知って隆の両親はとても残念がった。特にするゑおばあちゃんは奇世のことを好いていて、会うたびに「はよう家に嫁に来てねえ」と皺々の手で奇世の手を包んで涙目で言った。

どうしたら一吉の首を縦に振らすことができるのだろうか。結婚を決めてから数ヶ月、二人とも疲れ果てていた。

名古屋港水族館に行った帰り道。駐車場の車の中の二人は言葉数少なく途方に暮れていた。いったい二人はどこに向かえばいいのだろうか。

「奇世ちゃんに渡したいものがあるんだわ」

隆が赤い包装紙に包まれたプレゼントを差し出した。誕生日、クリスマス、記念日ではなかったとしても、隆は奇世を喜ばせるためにたくさんの贈り物をしてくれた。隆の車のトランクを開けたら真っ赤な薔薇の花がいっぱいに敷き詰められていたこともあった。奇世を幸せにするために隆はたくさんのことをしてくれた。プレゼントの中身はストライプの服を着たピエロの人形と人形用の小さな籐《とう》の椅子《いす》だったから奇世は大変驚いた。

「なにこれ？　ピエロ？　この籐の椅子に座らせるってこと？」

これまで隆から貰ったプレゼントと言えば、指輪やネックレス、花束、バッグといった奇世が当然喜びそうなものばかりだった。どうしてピエロ？　プレゼントの意味を知りたくて奇世は隆を見つめた。隆は眉毛を下げて思い詰めた顔をしている。

「どうしたの？」

隆が涙を流している。奇世は突然の出来事に言葉を失って緊張している。

「やっぱり無理だ」

「隆ちゃん、どうしたの？」

「今日奇世ちゃんと別れようと思って来たんだわ。お父さんに俺との結婚認めてもらえんもんで、こんなに真剣でも認めてもらえんのは、ほんとうに俺と奇世ちゃんは一緒にならんほうがいいのかもしれんと思ったりしてしまって。奇世ちゃんのこと諦めなきゃいかんのかってずっと考えとった」

「これからこのピエロを隆ちゃんだと思えってこと？」

「まあそういう意味だわ。ピエロだったら悲しいかんじじゃなくて奇世ちゃんが笑ってくれると思ったで。でもやっぱり別れるなんてできんわ」

「あたしもだよ」

「ずっと一緒におってほしい」

「あたしもずっと一緒におりたい」

絶対に隆と結婚する。

「絶対にわかってもらうで。あたしにいい考えがある」

奇世と隆は避妊をやめた。子は二人の愛の証であると奇世は思っている。愛を証明する必要があたしたちにはある。愛する隆との子が欲しい。すぐに奇世は妊娠した。隆は驚き、今度こそほんとうに殴られる覚悟で一吉に会う心づもりをした。

もうこうなったら一吉も反対できないだろう。一緒になったら将来的にいずれ子を持つ二人なのだ。結婚と妊娠の順序が違ってもいいじゃないか。早く一緒になりたくてたまらないのだ。これでやっと結婚できる。奇世はそう思った。

しかし事は一筋縄ではいかなかった。

「それはだめだ。産むのは許さん。それだけはやめてくれ。わかった。結婚は許す。でも手順をふんでからじゃないと絶対にいかん」

サチ子は泣きじゃくる奇世のほうに手をやり、

「残念だけど、お父さんの言うことに従わやあ」

と小さい声で言った。結婚は許された。しかし奇世は産むことを許されないことに絶望を感じている。

「結婚したらいずれは子供ができるのになんで堕ろさないかんの！」

まさか産むことが許されないとは思わなかったのだ。

「生まれてくる子供が可哀想だ。生半可な気持ちで作った子供がちゃんと育つとは思えん。お前たちも妊娠したから結婚したんだって人様に一生思われるんだぞ。わざわざ自分たちを下げるようなことをせんでもいいだろう」

隆は厳しい顔で一吉を見つめている。

「僕が馬鹿でした。奇世ちゃんにつらい思いをさせてしまって、本当にすみません」

「結婚は許す。だから、ちゃんとした正しい結婚をしなさい」


奇世は車の中でいつまでも泣きじゃくっている。隆は何も言わずに奇世の背中をさすっていた。ああ、また堕ろすのか。いや、ない。絶対にない。

「隆ちゃん、あたし、絶対に産みたい」

「奇世ちゃん」

「あたしたち確かに子供じみたやり方をしたかもしれん。でもあたし本気で隆ちゃんとの子供が欲しかった。隆ちゃんだってそうでしょう？　あたしたち本当の家族になるんだよ。隆ちゃんとの大事な命を絶対に守りたいの」

「奇世ちゃん、俺も、産んでほしい」

「あたし、絶対に産みたい」

「よし、お義父《とう》さんを説得しよう。俺が絶対に許しをもらう」

それから毎日、隆は一吉が帰ってくるまで家の前に車を停めて待った。

「隆ちゃん、家ん中入ったら？」

「いかんよ。お父さんが来るまで車で待っとる。俺のことは気にしんでいいで」

隆が毎晩家の前で待っているので一吉は会わないようにと朝まで家に帰ってこなかったり、家にいても部屋から出てこなかった。それでも隆は一吉を何日も待ち続けた。会ってもらえるまで諦めないと決めていたのだ。

隆は毎日立派なスーツ姿で一吉を待っていた。髪をオールバックにまとめ（もうパンチパーマではない）、品よくスーツを着こなしていた。毎日夜中まで一吉を待ち、隆は帰っていく。翌日が休みの日には朝まで一吉を待った。奇世が缶コーヒーを持っていき、サチ子がおにぎりを作って車の隆まで持っていったりした。奇世は祈るように毎日を過ごした。隆がひとり一吉を車の中で待っている間、ずっと落ち着かずに何も手につかなかった。

「まあええで中入りゃあ」

ついに一吉が折れた。一吉が隆を家に招き入れると、隆はすぐさま膝をつき床に額《ひたい》をつけて懇願した。

「奇世さんとの子を産ませてください」

隆はこれでもかというほど頭を深く下げる。男の威厳に満ちたあの隆が土下座をする姿に奇世は胸が痛み、そして心から感激していた。

「まあまあ頭あげやあ」

「お願いします！」

隆は顔をあげなかった。

「何不自由なく、苦労をかけることなく奇世さんと生まれてくる子供を絶対に幸せにしますんで許してください」

奇世は決意を込めた目つきで一吉を真っ直ぐ見る。頭を床につけ続ける隆の姿は見ていられなかった。

「お願いします！」

隆は何度も言った。

「絶対に幸せにします！」

奇世の目からは勝手に涙がこぼれた。サチ子と櫻子も同じように泣いていた。

「わかった」

隆はすこし顔をあげて一吉を見た。

「ちゃんと産んでしっかり育てるんだぞ。奇世を幸せにしたってくれ」

「ありがとうございます！」

「お父さん、ありがとう！」

奇世は隆に駆け寄り、サチ子と櫻子も飛び跳ねて喜んだ。奇世はこの時初めてサチ子と喜びを分かち合えたような気がして、温かい自分の家族の存在を体感できたようで幸福だった。

「そんな飛び跳ねたらお腹の子がびっくりするだろう」

一吉が呆れた顔で言った。


25歳の秋、奇世は隆と結婚した。隆は30歳になる年、男盛りである。

「結婚式はド派手にやらんと！」と一吉が張り切ってお金をたくさん出してくれた。隆の父の利も資産家だったため（奇世が見る限り、一吉よりも羽振りが良いように思う）、結果的にたくさんの結婚式資金が集まった。名古屋特有の大掛かりで派手な結婚式の招待客は三百人もいた。招待客は両親たちがほとんど決めたため、新婦側の招待客の中には奇世が知らない人たちが大勢いて困った。式場は名古屋のヒルトンホテルの大きなシャンデリアが五つも吊られている一番広い披露宴会場だ。

結婚式当日、奇世と隆はそれぞれの実家から結婚式場に向かうことになった。長年住んだ豊田の実家がもう自分の住処《すみか》ではなくなることに一抹の寂しさもなかった。トラックに嫁入り道具を積んだ。サチ子から譲り受けた着物や桐の箪笥《たんす》、奇世の車も嫁入り道具として持参する。たくさんの荷物とともに藤岡家に嫁ぐのだ。

「今日までありがとうございました」

用意していた言葉を両親に伝えると、サチ子に「行ってらっしゃい」と言われた。サチ子の顔はとても穏やかで、見たことがないほどやさしい表情だった。奇世は思わずサチ子をぎゅっと抱きしめた。抱きしめると、思っていたよりサチ子の体は小さかった。急に抱きしめられたサチ子が驚いて直立していることに気が付くと、奇世は恥ずかしくなって体を離した。

今日までサチ子が母として、血の繋がらない自分を育ててくれたということへの感謝が素直に込み上げた。自分じゃない女の人と夫の愛の証を自分の子供として育てることは絶対にできない。お腹に子を宿している今、サチ子が母として奇世を育て、一緒にいてくれたことに心の底から感謝することができた。

「行くぞ」

一吉のかけ声とともにいよいよ奇世が実家から出る。近所の人たちが見送りに大勢集まっている。三上家とは全く関係ない人たちもいる。この町ではどこかの家の娘が嫁いでいく時には近所の人が見送りに集まり、嫁ぐ娘がその人たちにお菓子を配るというしきたりがあった。

トラックから実家を見た。相変わらず大きくて立派な家だと思う。出発する時、奇世はこの上ない解放感に満たされた。もう三上家の人ではなくなる。あたしはこれから自由に自分の新しい人生を隆ちゃんと生きるんだ。自由に。奇世は集まった人たちに向かってお菓子を勢いよく投げた。

家が遠くなる。今日、あたしは豊田から出る。

# 第四章

# 生まれてきた意味

奇世と隆の結婚生活は、隆の実家から車で10分くらいの名古屋の中村のマンションで始まった。隆の独立資金を貯めるため、贅沢はせずに1DKのこぢんまりとした部屋を借りた。初めての二人きりの生活、毎朝目覚めた瞬間に愛する人が隣にいる幸福は何物にも代えがたい。恰幅のいい隆と二人ではダブルベッドは少々狭い気がするが、ぴたりとくっついて眠るから問題はない。眠る時でさえ手を繋いでいる二人だった。もともときれい好きの奇世のおかげで部屋は毎日掃除機がかけられてとても清潔だった。

奇世はもう三上奇世ではない。藤岡奇世としての人生を隆と歩んでいるということを、例えば電話に「藤岡です」と言って出る時なんかに噛み締める。区役所に婚姻届を提出して正式に藤岡姓になると免許証や保険証を書き換えたり、姓が変わったことでたくさんのするべき手続きがあった。それらのすべてが奇世にとって幸せなことだった。藤岡という姓は三上よりずっと気に入っていたし、愛する人の名字になることは奇世の長年の夢のひとつだった。

母の絹代の味で育った隆は、奇世にもその味を目指すよう求めた。味噌汁は必ず赤出汁で、後で喉が渇くほどの濃い目が好みだった。初めて味噌汁を作った時にはかなり赤味噌を入れたにもかかわらず「薄い」と言われた。大根と里芋《さといも》を入れるのが一番好きだという。赤出汁にご飯に焼き魚、味付け海苔《のり》と板わさが隆の朝の定番だった。奇世はもともと朝はパン派で、トーストや菓子パンにミルク珈琲だけでささっと済ませることが多かったので、朝、隆と一緒になって和食を食べることになかなか慣れなかった。朝、パンを食べるのは休日に近所の喫茶店にモーニングを食べに行く時だけだ。けれど、隆は必ず奇世が作った食事を残さず食べた。それだけで奇世は幸せな気持ちになった。

「お腹の子は、男の子がいい」と隆はしきりに言った。奇世は隆との子だったら男の子でも女の子でもいい、無事に生まれてくれればいい。

午前中の部屋の掃除が一段落して、隆のシャツのアイロン掛けの前に朝の残りの卵焼きを食べていた時だった。家の電話が鳴った。

「はい、藤岡です」

「……もしもし、奇世ちゃん？」

その声に聞き覚えはないのに、奇世は電話の向こうに誰がいるのか直感した。

「おかあさん？」

「久しぶりだね」

加世は胸を詰まらせているようだった。おかあさんの声はこんな声だったのだろうか。奇世は記憶を辿ってみる。小学一年生の時に佐和子おばさんと三人で会ったきりだった。

「佐和子さんから連絡先を聞いたんだけど。奇世ちゃん結婚したんだってね」

奇世はすっかり大人になっていた。小学一年生で会った時のうつむいてろくに話さなかった奇世はもういない。大人として気を遣った会話がスムーズにできるし、緊張もしていない。

「おめでとう」

「ありがとう。おかあさんは元気にしとるの？」

ずっと会っていない母娘とは思えないような、ごくありふれた会話だった。奇世はなんの抵抗もなく自然に「おかあさん」と呼ぶことができた。

「金山で喫茶店やっとるよ。喫茶店の上に住んどるんだわ。奇世ちゃん今、中村におるんでしょう？　近いところにおるんだねえ」

「『三鈴』だよね。喫茶店やっとることは佐和子おばさんから聞いた」

「結婚生活はどう？」

「幸せだよ。あたし、赤ちゃんできたんだわ」

「そう！　よかったねえ」

電話口の母は笑顔なのが想像できるような、嬉しそうな声だった。

「おかあさんに会ったのはあたしが小学一年生の時だったからね。そのあたしがもう結婚して子供産むなんて不思議だね」

「奇世ちゃん、会いたいわ」

奇世は思わずふんと明るく鼻を鳴らした。あたしもそう思っていた。

「十何年振りだね」

「十八年振りよ。会ってくれる？」

「もちろん。あたしも会いたいと思っとった」

奇世は母と二日後に栄で会う約束をした。


隆との結婚生活が始まって、奇世はそれまですることのなかった料理を毎日一生懸命やった。母の味にこだわる隆のために、砂糖と醤油で味付けした甘い卵焼きを作るようになった（三上家の卵焼きは醬油の味だけで全く甘くなかった）。甘い卵焼きは奇世も気に入った。

奇世は毎日愛する夫を見送り部屋を掃除し、洗濯をしてスーパーでなるべく安い食材を買い、夫のために夕食の準備をする。この当たり前の専業主婦の毎日は奇世にとって心から幸せに思えるものであり、愛する夫の帰りがこんなにも待ち遠しいものなのかと毎日思い知らされる。隆が仕事に行ってしまうと数秒後にはすぐに隆に会いたくなる。隆が恋しくなる。

仕事から帰ってくると、隆はどんなに時間が遅くても奇世の用意した夕飯を食べた。隆はきまって晩酌の缶ビールを飲みながら、その日に起こったことのすべてを話した。奇世の両親は会話のない夫婦だった。母はいつも口をへの字にしてつまらなそうで、楽しそうな二人を見た記憶がない。だから隆とはたくさん話す楽しい夫婦になりたかった。まさに今その理想を体現している。スズキの煮付けをつつき豚汁をすすりながら、大盛りのご飯に隆は手をつけた。

「明後日、名古屋のおかあさんと会うことになった」

もちろん隆には、奇世には自分を産んだほんとうの母が名古屋にいることを伝えている。

「今日突然電話がかかってきたの。十八年振りに。佐和子おばさんに家の番号を聞いたって」

「おかあさん、何だって？」

「会いたいって言われた。たぶん、あたしが結婚したからもう一人前の大人になったで会ってもいいんじゃないかって思ったんだと思う」

「よかったなあ」

奇世が欲しい言葉だった。最後に背中を押してほしかった。

「結婚の報告もしたいし、俺も会いたいんだけどなあ」

「ありがとう。二人で会えたらあたしも嬉しいけど隆ちゃん仕事でしょう。明後日はあたしひとりで会いに行ってくる」

「ひとりで大丈夫か？」

「大丈夫だよ。あたしもおかあさんになるんだで、おかあさんの気持ちがわかるかもしれん」

「次は俺も一緒に会いに行くでな」

毎晩奇世は隆の温かい腕の中で眠る。愛する夫に毎晩抱かれ、こんなに幸せでどうしようと困惑するくらい幸せの絶頂にいた。

奇世は加世と二人で熱田の蓬莱軒でひつまぶしを食べた。隆のいないところで鰻《うなぎ》なんて贅沢をしてしまい何だか申し訳ない気持ちになる。

十八年振りに会った加世は自分が想像していた姿ではなかった。加世がどんな姿をしているか全く憶えていなかったし、十八年の間に奇世の中で勝手に母親像を作り上げていたようだった。実物の加世は背が小さくて（そこはサチ子とすごく似ていた）、中年らしくぽっちゃりしていた。すらっと背の高い痩せ型の奇世とは全く似ていなかった。奇世は長い間自分のほんとうの母親はとても綺麗な人だと思っていたのだ。どんな綺麗なおかあさんに会えるのだろうかと心躍らせていたのだ。

一方、赤いアンサンブルを着てソバージュの黒髪をなびかせて現れた奇世を見て加世は、

「奇世ちゃん、どえらい綺麗になったねえ」

と手を取って涙目で言った。「まあ、ほんとに綺麗になって」と何度も繰り返しながら握る手は、小学生の時に感じたあの手の感触と一緒だった気がした。茶色く染められたショートカットの頭を見下ろしながら、加世のたるんだ頰を見た。重力に勝てなくなった、もう若くない加世を見て随分と時が経ってしまったんだと思う。

近くで加世の顔をよく見ると、目元とぽってりとした唇は自分と似ていると気づいた。十八年振りに会う加世とは思いのほか自然に会話をすることができた。

加世はずっとひとりだった。一吉と別れてから二十年以上経つのに再婚はしておらず、喫茶店をひとりで営み、店の上が住居なのも変わらなかった。

「悪阻《つわり》は大丈夫？」

「それが全然悪阻がないんだわ。たくさん食べやぁって向こうのお義父さんお義母《かあ》さんによく言われとる。そうだ、結婚式の写真持ってきたんだけど見る？」

「見せて見せて」

真っ白な歯を見せてとびきりの笑顔をした純白の花嫁姿の奇世と、恰幅のいい隆が写っている。

「まあ、綺麗。隆さんもやさしそうな人だがね」

「やさしくて働き者で申し分ない旦那だよ」

ちらりと加世を見てもまだその顔に奇世は慣れない。

「お父さんの写真も一応持ってきたんだけど、見る？」

加世は顔色ひとつ変えなかった。

「一吉さんいくつになったの？」

「今年60歳」

「あらあら一吉さんもそんな歳にねえ。あたしも老けるわけだわ」

「おかあさんは綺麗だよ」

本心からそう言ったわけではない。だけど奇世はひとりで生きてきた加世のことを褒め称えたかったのだった。

「せっかくだで見せてもらおうかなあ」

一吉と加世は奇世が3歳の時に別れてから一度も会っていない。写真の中の一吉は、スーツ姿で豪快な笑顔をこちらに向けている。奇世の結婚式の時に撮ったものだ。

「あらあらこんなに禿げ散らかして。一吉さんも老けたねえ」

写真を見て嫌な気持ちにならないかすこし不安だったが、加世が吹き飛ばした。

「サチ子さんとは、うまくやっとるのかしら？」

「まあなんとか。お父さんはほんとにやんちゃな人だで、よそに女作ったり、名古屋に毎晩遊びに行ったり競馬ですったり、馬買って大損したりしとる。いまだにバリバリの現役」

加世は笑った。呆れたような同情するような顔で。

「やっぱりよそに女作ったかね。子供まで作っとらんかったらいいけど。サチ子さんも苦労しとるはずだわ」

「おかあさんがお父さんと離婚したのはなんでなの？　もちろんお父さんが原因なのはわかっとる。でもあたしほんとに何にも知らんの。家ではずっとおかあさんの話は絶対にしちゃいかんかった。おかあさんの話はしたことないの」

「十八年前に奇世ちゃんと会った時は、ちゃんと一吉さんにもサチ子さんにも了解を得て会ったんだわ。奇世ちゃんが小学校に上がった時だったねえ。だで二人はあたしが奇世ちゃんに会ったことは知っとるの」

「なんでお兄さんは会わんかったの？」

「一吉さんと別れたのが奇世ちゃんが3歳の頃だった。だから幸ちゃんが7歳の時。小学一年生だったの。奇世ちゃんはその時のこと何にも憶えとらんのでしょう？」

「うん。なにも」

「でも幸ちゃんは7歳だったもんで、その時のことしっかり憶えとるの。一吉さんとあたしが毎日喧嘩ばっかりしとったこととか、きっと全部憶えとる。でも奇世ちゃんは小さかったであたしのこと知らんかった。それを黙っとるのはあたしは嫌だったし、知っとったほうがいいと思った。それだし奇世ちゃんに会いたかったの。ずっと。もちろん幸ちゃんにも会いたかった。でも佐和子さんから、幸ちゃんが会わんって言っとるって言われたの」

「そうだったの。あたしはおかあさんのこと知れてよかったと思っとる」

「それならよかった。妹さんもおるんでしょう？　櫻子ちゃん」

「7つ下だで、もう19歳になる。わがままでいつも実家でだらだらしとるわ。手が焼けるて。櫻子はちっともあたしと似とらんの。やっぱりおかあさんが違うからだろうね」

加世の顔が曇る。なにか、言いたげな顔をしている。

「あのねえ、奇世ちゃんもお母さんになるで言うけど」

加世が言葉を必死に選んでいる。

「豊田のプレハブの家あったでしょう?」

「うん。新しく建てる前の家ね」

「あそこにあたしも住んどったんだよ」

「え!? そうなんだ。そっか、お父さんと一緒になったってことは豊田に嫁に入ったってことだもんね」

「もともと豊田の役場であたしは働いとって、そこで一吉さんと出会ったの。一吉さんももともと三神工業を継ぐ前に役場で働いとったんだよ。あたしは三上家に嫁入りした。でも一吉さんはああいうやんちゃな性格の人でしょう? あたしも女にしては結構気の強いタイプだでね、うまくいかんかった。喧嘩ばっかりでねえ。幸ちゃんが生まれて奇世ちゃんが生まれて、子育てが大変だった時にこれまた役場で働いとったサチ子さんと一吉さんがデキちゃったの」

「え! じゃあサチ子さんも同じ職場の人だったってこと?」

「そう、あたしもサチ子さんも役場で一吉さんと出会ったの」

「そんなの、初めて聞いた」

「子供も二人おるし別れることはないと思っとったんだけど、一吉さんはサチ子さんと一緒になりたがった。あたしと別れたいって言われたの。まさかそんなことになるとは思わんかったわ。あたしはもうその時は専業主婦で働いとらんかったし、ちゃんと子供を二人育てられる経済力も自信もなかった。一吉さんも三神工業を継ぐことになっとったし、三上家の人たちと散々話し合って、子供たちは一吉さんのところに残ったほうが幸せになれるっていう話にまとまって、あたしもその通りだって思ってしまった。それで奇世ちゃんたちを手放してしまった」

加世は木綿のハンカチで涙を拭いながら、でもしっかりとした口調で話した。ずっとこのことを伝えたかったんだと奇世は思った。奇世も涙が溢れていた。

「ごめんね」

「謝らんで。そんな大事なこと、あたし何にも知らんで」

「あたしはほんとに可愛くない女だった。泣いてすがったりするようなことはどうしてもできんかったんだわね。何か一吉さんが言えば倍にして返すような気の強い女でしょう？　サチ子さんみたいに大人しくて一吉さんの言うことを何でもはいはい、って聞くような女がよかったんだわ、きっと。それでね、一吉さんと別れる時にあたしはひとつだけお願いしたのよ。『そんなに好きならサチ子さんと一緒になっていい。ただ、子供だけは勘弁してくれ。子供だけは絶対に作らんでくれ』ってね」

「え？　でも」

「その時は一吉さんもサチ子さんも『わかりました。絶対に約束は守ります』って言っとった。だって奇世ちゃんと幸ちゃんが可哀想でしょう？　母が子供を想う愛ははかり知れんの。だからもし二人の間に子供ができたら、一吉さんとサチ子さんとの子ばっかり可愛く思うに決まっとる。だで、それだけは約束してもらったの」

「じゃあ櫻子は……」

加世は奇世の目をじっと見た。とても悲しそうな目をしていた。

一吉とサチ子は二人の子供を作らないことを加世と約束していた。しかし二人はその約束を破った。櫻子は生まれてこないはずだった。櫻子も加世も可哀想だ。二人が気の毒で、奇世は堪《たま》らない思いだった。

「奇世ちゃん。あの時、奇世ちゃんたちを手放したこと、ほんとうにごめんね。ごめんなさい」

「もういいんだって。あたしも大人になってこうやっておかあさんに会えたんだで」

「奇世ちゃんのこと、忘れた日は一日だってなかった」

備長炭で焼かれた香ばしい鰻のひつまぶしを食べている間、奇世はずっと櫻子の出生の約束のことが頭から離れなかった。櫻子がこの事実を知ったらほんとうに深く傷つくだろう。生まれてこなくていい命なんてこの世にはひとつもない。一吉とサチ子は約束を破った。それが自分の親だと思うと情けなさが込み上げる。

加世が会計を済ませて外に出ると、

「ちょこっとうちの喫茶店に寄っていかん？」

と誘った。熱田から金山まではすぐだ。タクシーで10分ほどの加世の店は純喫茶というレトロな雰囲気で、大きなガラス窓は暗く外から店の中がはっきりとは見えないようになっていた。

格子状の木の重い扉を引くとカランカランという音が鳴った。煙草と珈琲と油が混ざった香りが染み付いた店内は適度な広さで、回転する丸椅子がカウンターに五つ並んでいる。カウンターの向こうが洗い場と作業場で、奥の壁の棚にはソーダ水用の色とりどりのシロップが並べられている。カーテンの奥が小さな調理場になっていて、そこで焼きそばや焼きうどんを作っているのだろう。カウンター以外には四人掛けのテーブルが五つあった。

「この店、ほんとうにおかあさんひとりでやっとるの？」

「もう十五年になるわ。近所の常連さんしか来ないけどね」

「ひとりでこの店を切り盛りしとるなんてすごいわあ。この絵は？」

壁に薄い空色の女の子たちを描いた独特な大きな絵が飾られている。

「あたしの従姉妹《いとこ》が描いた絵。こういうちょっと変わった絵を描いとるの。そうだわ奇世ちゃん、ここの絵の前で写真撮らない？」

「もちろん」

二人は絵の前で何枚か写真を撮った。

二階が加世の住居になっているのだがその部屋はなんとなく見たくないような気がした。

40

代後半の母がたったひとりで住んでいる部屋は見られなかった。

「奇世ちゃんの家からも近いんだし、いつでも遊びに来てよ」

「隆ちゃんもおかあさんに会いたいって言っとるで今度会ってね」

「奇世ちゃんありがとう今日は」

帰り道、奇世はすこしも寂しくはならなかった。ただ加世が再婚もせずずっとひとりでいたことがたまらなく悲しかった。自分が隆と一緒になって、ひとりの男に愛される悦びを知った今だからこそ余計に悲しかった。

奇世は自分のお腹を触った。愛する隆との子を身ごもっているというだけで毎日が幸せで、この子を手放すということは考えられなかった。まだ生まれる前なのに強く思うのだ。

加世は奇世と兄の幸を手放した。捨てたのだ。捨てたという表現を奇世は自分の中でずっと避けていた。実の母に捨てられたということを認めたくなかった。経済的な理由もあって、子供たちを手放さざるを得なかった加世の心中は察するに余りある。けれど、自分なら何があっても捨てたりはしないのに。

「どうしてあたしたちを捨てたの？」と加世を責めてもよかった。それなのに、いざ加世を目の前にするとそんな言葉は出てこなかった。ひとりきりの加世が寂しそうに見えたからかもしれない。一吉と別れて二十年以上経っているのだから、新たな家庭を持っていてもおかしくない。でも加世はずっとひとりで暮らしてきた。もしかしたらお付き合いをしていた男性がいたかもしれない。だけど今、加世はひとりぼっちなのだ。それを思うと気の毒で仕方なかった。とはいえやっぱり我が子を手放すなんていうことは考えられない。どうしても加世の気持ちがわからなかった。奇世はまた加世に会いたいとは思わなかった。

サチ子には加世に会ったことを正直に話さなくてはいけない気がした。ひとり豊田の実家に寄った時、サチ子と二人きりになると「名古屋のおかあさんに会った」と伝えた。感情に乏しいサチ子でさえ奇世が話した途端、すこし険しい顔をした。「そうなの」乾いた声で答えると「元気にしとった?」と聞いて、それ以上は何も言わなかった。奇世はつい、「ひとりで暮らしとった」と伝えた。

サチ子が追い出した加世が今もひとりぼっちだということをサチ子に思い知らせてやりたかった。サチ子は何も言わなかった。これからもし、加世に会うようなことがあっても、サチ子には言うまいと思った。

加世に会ったとサチ子に報告したことを知った兄の幸には、「会ったりするのは、勝手にやれ」と怒られた。幸は加世に会うつもりは一切ないのだ。昔から兄と話す機会を積極的に持てなかった奇世なので本心はわからないが、一吉と加世が離別したのは幸が7歳の時。加世が言うように、奇世と違って幸は一吉と加世が別れる時のこと、自分自身から加世が離れてしまう瞬間のことを詳細に憶えている。両親がどのような言い争いをしていて、どのような景色の中で家族が最後を迎えて、加世にどのような言葉をかけられたか。

幸には加世に捨てられたという思いがあるのではないだろうか。だから加世に会う気はなく、奇世が加世に会うことさえ嫌悪感を覚えるのではないか。愛情表現が乏しくても、奇世や幸にとってサチ子は紛れもなく母だった。幸には自分の母になってくれたサチ子に対する恩が明確にある。だから絶対に加世には会わない気でいるのだろう。

お腹の中に新しい命が宿っている今、自分が産んだ子供を手放すことなど考えられない。まだたいして膨らんでもいないお腹に隆との子が存在しているというだけでこんなに愛しいのに、実際に生まれてきた我が子を目の前にしたら、一体自分はどうなってしまうのだろうか。愛しくてたまらない我が子ならどんな理由があっても手放すことはしないと思うのに。

それから間もなくして、隆の祖母のすゑおばあちゃんが亡くなった。心不全だった。亡くなる直前までぴんぴんしていたすゑおばあちゃんは誰にも迷惑をかけずに静かに逝《い》ってしまった。するおばあちゃんらしい最期だった。

奇世は自分のお腹が膨らんでくるということを初めて経験する。お腹がどんどん前にせり出していく。これは女の神秘だ。自分の体が自分だけのものではないこの感覚は女にしか感じられない。女に生まれてきてほんとうによかった、とこれほどまでに強く感じる瞬間がこれまでにあっただろうか。

腹に子を宿し五ヶ月が経った。いつものように隆を見送り掃除するところなどないというのに日課の掃除機をかけていたら、急に下っ腹のほうに軽い痛みを感じた。慌てて股間に手をやると、出血しているではないか。どうしよう！　血が出とる！　生理用のナプキンをパンツに挟んで、かかりつけの山口《やまぐち》産婦人科まで車を走らせた。

「出血しました！」

「とにかく超音波をあててみましょう」

お腹に冷たいゼリーをべったり塗られて超音波の機械をあてられる。映し出されたエコーの映像をしっかり見ても奇世にはわからない。先生の表情が瞬時に曇った。

「心音が聴こえない」

「え？」

先生の声はとても冷酷に響いた。

「赤ちゃんの心臓が止まっとる」

「え？　どういうことですか」

「残念だけど、これはもう赤ちゃん死んじゃっとる」

「そんな」

「早く処置せないかんで、明日また来てください。残念だったね」

突然の出来事に目の前が真っ暗になった。奇世の頭の中は真っ白い靄がかかり自分が何を考えているのか、どこに向かっているのかわからないまま病院の廊下を歩き、公衆電話から隆の仕事先に電話をした。

「赤ちゃんの心臓が止まっとるって」

嗚咽《おえつ》で言葉が続かない。

「何だって？　奇世、大丈夫か！」

隆の声を聞いたら張りつめていた糸がぷつんと切れ、腰からくずれ落ち、泣いた。

「さっき出血して病院でエコーあてたら、心音が聴こえんって言われて。死んじゃっとるって。もうだめだって」

「ちょ、ちょっと待て！　そんなの病院一軒じゃあわからんだろう！」

隆の口からは奇世が予想していない答えがかえってきた。

「豊田にもでっかい産婦人科があっただろう」

「木内《きうち》産婦人科があるけど」

「木内さんとこ行くぞ！　すぐ帰る。家で待っとれ」

店を早退して超特急で帰ってきた隆の付き添いのもと、豊田まで高速を飛ばし木内産婦人科での診察を受けた。運転中も、隆は奇世の手をしっかり握って離さなかった。「大丈夫だで」と何度も何度も呪文《じゅもん》のように言った。さっきと同じように腹にゼリーを塗りエコーをあてられる。お願い。奇世は神に祈った。隆が眉毛を下げて険しい顔をしている。

「うーん。拍動は確かに見えないけどねえ、まだこの段階ではわからんで、今日から入院してください」

「じゃあまだ望みはあるってことですよね？」

隆がすかさず尋ねる。

「そうですね。とにかく様子を見ましょう」

奇世はまた泣き、隆が奇世の背中をさすった。奇世は家から1時間ほど離れた豊田の木内産婦人科に入院することになった。


すぐに奈緒美が見舞いにやってきた。

「絶対大丈夫だで」

「ありがとね。奈緒美も子育て大変なのに」

「ほんとにあんたは世話が焼けるんだで。子供はおっ母に預けてきたで大丈夫だわ」

奈緒美は二人の男の子の母になり育児に奮闘している。

「奈緒美、隆ちゃんにはこんなこと言えんけど、赤ちゃんがこんなことになったのはやっぱりあの時のバチが当たったのかもしれんと思って」

「そんなこと言っちゃいかん」

奈緒美はいつも奇世を窘《たしな》める。

「いつまでも気にしとっちゃいかん。あんたは隆ちゃんと人生を歩んどるの。大事な子供を信じて守らな」

「ありがとう。絶対に産みたい」

「産みたいんじゃない、産むの」

奇世は毎日祈った。こんな時ばかり祈るなんて虫が良すぎるとわかっていても祈った。絶対に産みたかった。ただ安静にして時を過ごした。毎日毎日不安で仕方なかった。仕事帰りに必ず隆が会いに来た。それだけで心が楽になり、絶対に大丈夫だと思えた。


入院して六日目、エコーをあてて心臓が動いているかを確認することになっていた。

「藤岡さん！　動いとるよ！　ほら見てみん！　動いとるて！」

診察台に寝転んだまま画面を見ると、とても小さな心臓がぴくっ、ぴくっと健気《けなげ》に動いているではないか。数日間の緊張から放たれ、安堵した奇世は両腕を目元にのせて号泣した。

隆がこの子を救ってくれた。隆があの時諦めないでくれたからこの命は助かったのだ。パパがあなたの命の恩人なんだよ。パパが助けてくれたの。奇世はお腹の赤ちゃんに向かって心の中でつぶやく。

それからの妊婦生活は順調だった。七ヶ月目でお腹の子は女の子だとわかった。隆はあからさまにがっかりした顔をした。古風な考えが抜けない長男の隆は跡取りになる男子をまず授からなくてはいけないと思っていた。

「まだ女の子って決まったわけじゃないだろう？　たまたま見えとらんだけで、もしかしたらちんちん付いとるかもしれん」

「女の子であたしは嬉しいけど」

「いや、男の子かもしれん。生まれてこの目で見るまではわからん」

「ほんとに隆ちゃんは変なところで頑固なんだから」

隆はしつこくお腹の子が男であると願い続けた。奇世のほうは自分のお腹の中にいるのが女の子だとわかると、より一層育つ命に愛情を感じている。真っ白でちっちゃくて可愛い女の子が自分の中におる。あたしと隆ちゃんの子なんだでどえらい可愛いに決まっとる。

火曜休みの隆と、黒川の若鯱家でカレーうどんをすすっていた。この店は付き合っていた頃、隆に、

「ここのカレーうどんがどえらいうまいんだわ」

と熱く薦められて来てから奇世もここの味のファンになり、それからしょっちゅうわざわざ黒川まで食べに来るのである。極太のうどんに出汁がしっかりきいたクリーミーな熱々のカレ

ーがかかっている。

「うまい！」

隆はほんとうに美味しそうにたくさん食べる。

「ほんと、ここのカレーうどんは美味しいねえ」

奇世のお腹は大きくなり、風船のようだ。体が重く、食べても食べても見た目上お腹の膨らみは変わらないので満腹の感覚がいまいちわからない。しかし奇世は妊娠しても暴食に走る傾向にはなく、担当医師からも「もっと体重増えてもいいいんだよ」と健診のたびに言われるのだった。

大きなお腹をしていると、近所のスーパーに行くだけでも大勢の人にやさしくされる。知らない人にやさしくされると奇世のほうもやさしく、柔らかな気持ちになって人と接することができる。お腹が大きくなっていくほどに奇世は幸せを噛み締めていた。

「あれ？」

奇世は箸《はし》を止めた。

「どうした？」

「破水したかも」

股のほうを見ると水が出ている。予定日の二週間前だった。

「大変だ！　病院行くぞ」

奇世が大丈夫だと言うので、とりあえずあと少しだけ残ったカレーうどんを最後まで食べてから、隆の運転でそのまま豊田の木内産婦人科に向かった。破水したら赤ちゃんが生まれるのはもうすぐだ。「破水しました！」と隆が病院に入るなり大きな声で伝えると、すぐさま診察室に呼ばれた。先生は、「これは大洪水だねえ！」と落ち着いた声で言った。

「破水したけどお腹の赤ちゃんは大丈夫だで。ちょっと様子見るで入院してください。もう出産はすぐそこまで来とるでね」

奇世は医師の判断でその日の夜に陣痛誘発剤を打たれた。隆は翌日の仕事のため帰宅したが奇世はひとりでも全く不安はなかった。赤ちゃんにやっと会える。絶対に健康な赤ちゃんを産むんだ。奇世はひとりじゃない。お腹の中の赤ちゃんと二人だった。早く会いたい。ほんとうに何ひとつ不安なことはなかったのだ。ただただお腹の子供に早く会いたくてたまらなかった。

「明日にはきっと赤ちゃんに会えるでね」

先生の言葉はやさしく響き、ワクワクした奇世はなかなか眠れなかった。

誘発剤を打たれると間もなく陣痛が来た。信じられないくらい痛いとは聞いていたが、今まで経験してきたどの痛みとも全く種類の違う痛みだった。しかしこの世界で一番たいせつなもののための痛みだと思うと、不思議と耐えることができた。波のように押し寄せては去っていく陣痛が繰り返されると何度も気を失った。

でもお腹の赤ちゃんも一生懸命頑張っているのだと思えば、勇気がわいて出産なんて全く怖くなかった。ちょうど同時期に出産を控える妊婦たちが、「出産ってやっぱり痛いのかなあ」「怖いなあ」「あたし不安でたまらんの」「ちゃんと生まれてこんかったらどうしよう」とか口々に不安を言葉にしていても、奇世は全くそれに共感しなかった。一度たりとも出産を怖いと思ったことはなかった。お腹の子と二人で頑張っているとはっきり感じていた。

夜からサチ子がずっと付き添ってくれていて心強かった。サチ子はやはり落ち着いていて、声をあげて悶《もだ》える奇世を見ても冷静でいてくれたことは大きな安心感があった。夜が明け、陣痛の波の間隔がだんだん短くなりいよいよ分娩台に移動することになった。

「さあ行きましょう。藤岡さん頑張ってねえ」助産婦さんが声をかけて移動する頃には陣痛の痛みが頂点に達しようとしていた。分娩室にはひとりきりで向かった。サチ子が「あたしも行こうか？」と言ったが、「大丈夫、ひとりで行く」と奇世は言った。ひとりではない、お腹の子と二人だ。これからあたしは母になるのだ。

1988年6月20日午前11時8分に奇世は小さな女の子を産んだ。

2300グラムのとても小さな赤ちゃんは立派な産声をあげて泣いた。「よーし！　生まれましたよ！」助産婦さんから渡された我が子は驚くほど小さく軽かった。「可愛い」それが我が子を見た瞬間の奇世の第一声だった。

「生まれてきてくれてありがとう」

奇世はともに出産を乗り越えた我が子とはっきりと強い絆を感じたのだった。意識が遠のき、奇世は深い眠りについた。

目を覚ますと仕事を早退した隆が利と絹代を連れて病室にやってきていた。

「奇世！　ようやったなあ!!」

仕事帰りのスーツ姿の隆はただでさえ垂れた目をさらに垂らしてとろけるような顔をしている。奇世はまだぼうっとした頭で隆を見る。朝剃《そ》ったはずの髭が夕刻になってしっかり顔を出して青くなっているのを見て、また隆が愛らしいと思う。あなたとの子供を産みました。愛の結晶を産んでみせました。そんな誇らしさが奇世を感動で包んでいる。

「やっぱり女の子だったなあ！」

生まれる瞬間まで男の子だと思い込んでいた隆だったが、驚くほどに小さい子供が眠っているのをたまに指で触れたりして愛おしそうに見つめている。

「可愛いなあ。ようやってくれたね」

利は可愛い孫の誕生を喜んだ。

「まあ、ちっちゃいこと！」と喜びながら絹代も満足げで、奇世は自分が藤岡家の嫁としてやるべきことをやったと胸を張った。

「赤ちゃんってこんなにちっちゃいのか？」

隆はまだ子の誕生を不思議がっている。

「うちの子だけ特別にちっちゃいんだって。顔もようよう見たって。さっき生まれたばっかりなのに、もうしっかりした顔立ちしとるって先生たちに言われたの。生まれた時から出来上がっとるって、この子が生まれた瞬間みんなに言われて嬉しくなっちゃった」

「可愛いなあ。奇世に似てくれてよかったわ。俺に似たらいかんだろ」

子供の名前は未来《みらい》と名付けた。「女の子らしい感じがするで、『み』から始まる名前がいい」と隆が言い、姓名判断で見てもらい決めた。光り輝く未来がこの子にたくさん待っていますようにと奇世は願いを込めた。

「藤岡さん、未来ちゃんにおっぱいあげる練習しますよ」

奇世の胸ははち切れんばかりに膨らんでいる。

「張って痛いです」

露になった自分の乳房を見て、もともと小ぶりの胸が明らかな巨乳になっていることに改めて驚く。すぐに元のサイズに戻ると言われているのが残念なほどに。看護婦が手伝って乳房を絞ると、乳首の先端から乳白色の液体がじんわりと浮かんだ。

「わあ、出ました！」

「上手上手。じゃあ飲ませてみましょうか」

奇世の乳房に顔を寄せられた未来は、まだ目が見えずおっぱいを探せない。

「飲んで」

小さな声をかけながら未来を乳首に誘導する。色が濃く、大きくなっている乳首も奇世にとっては不思議だった。なかなか吸ってくれずに奇世は汗だくになっていた。未来の顔を動かして、しばらくの格闘の末に未来が小さな口でやっとおっぱいを吸う。それは未来が生まれた時よりもさらに感動する出来事だった。ぱんぱんに張ったおっぱいを我が子が一生懸命飲もうとしている。感じたことのない幸せ、感じたことのない愛情だった。すこし飲むと未来は吸うのをやめて眠ってしまった。

「藤岡さん上出来ですよ。ゆっくりやっていきましょう」

奇世の乳房はどんどん張る一方だが未来は吸う力がないため、母乳を思いっきり出すことができない。張った乳房が痛くて眠れないほどに。搾乳器もうまく使えなかった。

毎日病院に来ているサチ子が見かねて自らおっぱいを吸って吐き出すと言い出した。「お母さんが吸うの⁉」とはじめは抵抗があった奇世だが、あまりの痛さに一刻も早くたくさんの母乳を出したいという気持ちが勝った。サチ子が奇世の乳首に吸い付き奇世が絞り出し、サチ子の口に含まれた母乳は洗面器にぺっと吐き出された。乳房の張りが楽になっていく。痛みを和らげてくれたサチ子に感謝した。

サチ子は櫻子が自分の乳を飲んだ時、どんな気持ちだったんだろうか。奇世と同じように体が震えるほど感激し、産んだ瞬間よりずっと感動したのだろうか。奇世はサチ子に聞きたくても聞けない。ふと加世のことが頭をよぎった。しばらく奇世の意識から加世の存在が遠のいてしまっていた。退院して落ち着いたら未来を見せに行こう。

未来が同時期に生まれた新生児たちとガラスの向こうに並べられている。未来は圧倒的に他の赤ちゃんたちよりも小さく、可愛かった。奇世は可愛い我が子をいつまでも見ていたくて一日中ガラスに貼り付いている。

「この赤ちゃんだけ、どえらいちっちゃいねえ」

「ほんとだねえ、この子だけ鼻筋も通ってどえらい可愛い子だがね」

知らない人たちが自分の子供のことを可愛いと言っているのを聞くのが、奇世はたまらなく誇らしい。この子、あたしの子なんです、とみんなに言って回りたいくらいだ。


退院すると奇世は一ヶ月近く豊田の実家に世話になることにした。高校を卒業した櫻子の髪は茶色に染められて、通信販売の電話のオペレーターの仕事をしている。

真夏だというのに一吉がエアコン嫌いのために窓をすべて網戸にして、扇風機を何台も置いて暑さをしのいでいる。一吉がいない時にしかエアコンは使えなかった。

未来に会いたいために、櫻子は仕事が終わるとすぐ家に帰ってくる。お付き合いしている人がいるのかは誰も知らないし、櫻子とそういった話をしたことが奇世はなかった。

「お母さん、櫻子って付き合っとる人とかおるの？」

と櫻子がいない時にさりげなくサチ子に聞いたことがあったが、

「知らん」

とぶっきらぼうに言われた。サチ子は櫻子の恋愛事情には興味を持っていないという態度を見せた。櫻子がどんな恋愛をしているのか気にならないわけがないと奇世は思う。サチ子は櫻子が恋愛のことを話しづらい雰囲気を作っているのではないか。

櫻子は未来をとても可愛がっている。

「ミーちゃんは一番可愛いねえ」などと未来に赤ちゃん言葉で話しかけている。可愛くて仕方ないらしい。それは奇世にとっても微笑ましい光景だ。

「櫻子が生まれた頃は、あたしがおんぶ紐つけて櫻子を背負って遊びに行ったりしとったんだよ」

「へえ、全然憶えとらん」

「櫻子はほんとに可愛かったんだから。お母さんが三神工業の従業員さんの世話で忙しかったで、あたしがお母さん代わりって言ってもいいくらい、いつも一緒だったんだて」

櫻子とは7つ離れているが、もっと歳が下のように思う。櫻子と話していると今でも10代前半の娘と話しているように感じ、真面目な話はしたことがない。兄の幸と櫻子が話しているところなんて見たことがない。

久しぶりに三上家に戻ってくると、自分が三上家の人間だった頃には見えなかったものが見えてきた。サチ子と櫻子は必要最低限しか言葉を交わさない。血の繋がった母娘なのに。自分とサチ子の関係とは違うのに、櫻子も自分と同様にサチ子と会話がなかった。櫻子が仕事から帰ってきても、サチ子はしばらくして「ああ、帰っとったの」と言うだけで、それに対して櫻子も「うん」と返すだけ。奇世は、当たり前に「おかえり」と「ただいま」がどうして言えないのか、と悲しくなる。

櫻子は新作のプラダのリュックやらエルメスのスカーフやら、高価なブランド品を身につけている。給料で好きなものを買っているようだ。

「お母さん、櫻子って、家にお金入れとらんの？」

「入れとらんよ」

「じゃあお給料は全部自由に使っとるってこと？」

「そうなんじゃない」

「貯金とかしとらんの？」

「しとらんだらあ」

櫻子は家の手伝いを一切しない。食器を片付けること、配膳を手伝うこともしない櫻子にサチ子は何も言わない。口答えされるのが怖いのだろうか。櫻子はなかなか弁が立つ娘だった。口喧嘩をさせたら櫻子に勝てる者はいないほどの強さなのだ。一吉もサチ子もそれでいいと思っているのだろうか。奇世だって実家にいた時分は、たったの2万円だけだがお金を入れていた。両親に対して申し訳ないなどという気持ちからではなく、成人しているのに実家の金での

うのうと暮らす自分が嫌だったからだ。せめて食べ終わったら食器ぐらい片付けさせたいと思った奇世が、

「櫻子、食べ終わったら、食器、台所まで持ってきて」

と言っても、「はーい」と適当に返事するだけで、いつまでも未来と遊んでいる。櫻子の部屋はいつも散らかっている。

櫻子だけではなくサチ子も整理整頓や掃除が苦手で、サチ子が掃除機をかけているのをずっと見ていない。三神工業の寮がなくなり、従業員たちの世話はとうの昔になくなった。記憶をさかのぼってみても、やはりサチ子が掃除をしている姿が奇世にははっきり思い出せない。居間のテーブルがすっきりしていたためしはなく、いつのものかわからない郵便物や、ペン、財布、湯のみなどが散乱している。出したら出しっ放しにする三上家の人たちに奇世は呆れている。奇世は未来が寝ている間に掃除機をかけたり、散らかったものを集めてテーブルが少しでもすっきり見えるようにした。しかし無駄な小物だらけの家は手の施しようがなかった。

三上家は二世帯住宅のように使われていて、兄の幸夫婦と未来よりもひとつ上の娘も同じ屋根の下で暮らしている。玄関は別々だが風呂とトイレは共用なので風呂の時間の調整はストレスだった。総勢八名の風呂の順番は幸夫婦たちが先になる。幸家族が風呂を出ると浴槽の湯は一度入れ替えられる。二度目の湯の一番風呂は奇世が貰うことが多かった。未来は大人しく、風呂に入れるのも難儀ではなかった。人形のように軽い未来を抱えて湯船につかると未来は気

持ち良さそうに口をぱくぱくさせて眠る。世界で一番可愛いのは我が子だと思う。食べてしまいたいほど可愛いという表現の意味が今は痛いほどわかる。

幸夫婦とは食事も別だった。たまには一緒に食べる日があってもいいと奇世は思っているのだが、そこは奇世の出る幕ではない。嫁の亜紀とは高校の同級生だったせいか、変な気を遣うことなく、特に未来が生まれてからはママ友のような関係になった。亜紀の長女の冬子《ふゆこ》はいつもほっぺたがしもやけのように真っ赤な赤ちゃんだった。未来と並ぶと従姉妹とは見えないほど全く似ていない。冬子はひとつ下の未来を可愛がった。やさしい姉のようだ。亜紀と子供たちを連れて家事の気晴らしにランチに出掛けたりすると、未来ばかりが「可愛い」と言われ、そのたびに奇世は亜紀の顔色を窺わなければいけなかった。

隆は仕事帰りに三上家に寄ってそのまま泊まっていくこともあった。最初は小さく軽い未来を抱くことを怖がっていた隆だったが、すっかり抱くことにも慣れて一度抱くといつまでも離さない。「赤ちゃんのええ匂い」と言いながら、未来の匂いをやたら嗅《か》いでいる。隆は一吉ともうまく付き合ってくれている。酒を飲まない一吉と距離を縮めるのは至難の業ではあっただろうが、持ち前の話術で一吉の気分を良くするのがうまい。

「この間ねえ名古屋駅で小柳ルミ子見たんですわ」

「ほんとか！」

「やっぱ芸能人っていうのは違う生き物って感じでオーラっちゅうんですかね、後光が射しとってあれはびっくりしましたわ！」

「俺も知り合いの結婚式で菅原文太に会ったぞ」

「それすごいじゃないですか！」

「ちょっと待っとれ、写真持ってくるで」

　隆がいると一吉はよく喋る。それもとても楽しそうに。三上家にひょうきんな隆がいると会話が生まれた。隆がコロッケのモノマネをして面白いことを言ったりするから家中が賑やかになるのだ。また未来の存在も大きかった。未来がいることで家族の共通の関心事ができて会話が増えた。三上家の人たちがこんなに日常的に会話をするのは初めてだった。

　三上家に誰もいなくなった夕方、網戸を開け放ち外からの生暖かい風がレースのカーテンを揺らす時、奇世は未来に添い寝しながら髪を撫でたりしてうとうとしているのが好きだった。テレビの音もない、ただ町の音がかすかに聞こえるくらいの心地よい静けさ。蚊取り線香のにおいが実家にいることを実感させる。未来の寝顔は天使そのものであり緩いうんちをしたオムツを取り替える時でさえ愛しい。自分が想像していた以上に『自分の子は可愛い』なんていうものではなく、この子のためなら何でもできると心の底から言えた。今、この瞬間に未来と離れることは絶対に考えられない。小さな寝息を立てて居間で眠る未来の顔を見ながら寝汗を拭いてやっていると、あたしだけがたったひとり未来が生まれる前から繋がっていて、今もこれからもものすごい力で引き寄せ合っていくのだと感じる。

どうして名古屋のおかあさんはあたしを手放したのだろうか。未来を産んでから一層わからなくなった。自分が産んだ子はこんなにも可愛い。仮に自分がひとりで育てなくてはいけない状況になったとしたら、夫と暮らしたほうが裕福にさせられたとしても、それ以上の幸せを与えたいと思うし、絶対に自ら手放すようなことはしないと断言できる。母と子は一緒にいなくてはいけないのだ。サチ子と櫻子の関係だってそうだ。二人は血の繋がった母娘なのだからもっと求め合って愛し合うのが普通なのではないか。櫻子が自分と同じように親の愛を十分に受けられないまま育てられたと感じていたら、それはあまりにも可哀想だと思う。櫻子にはサチ子の愛情が足りていない。無言のうちに、サチ子の愛を求めているのではないだろうか。櫻子がいつまで経っても子供っぽいのはそれが原因ではないだろうか。娘にとって、絶対的に必要なのは母の愛情だと思う。父親以上に、母親の愛が。

早く名古屋のマンションに帰ろう。あたしの居場所に帰ろう。奇世は予定を前倒しして未来と三上家を出た。名古屋のマンションに帰ると、待ってましたと言わんばかりに利と絹代がしょっちゅう未来の顔を見に来た。二人が未来のことを可愛がってくれることは奇世にとってとても嬉しいことだった。頼れるところはありがたく頼った。それが利と絹代にとっては嬉しいのだ。

三上家に気を遣って、豊田に奇世と未来がいる間、利と絹代は一度も来なかった。高圧的な一吉と柔和な坊ちゃん育ちの利の馬が合うはずもなく、両家の親同士が親しくするということはない。

未来は日ごとに顔つきが変化して、表情がどんどん豊かになっていく。隆はブランド物のベビー服をたくさん買ってきては未来に着せて「うちの子が一番可愛い」と言って喜んだ。未来とは片時も離れたくないと奇世は切に思う。

「未来を産んでから、もっと綺麗になったなあ」

台所で夜食の準備をする奇世を後ろから抱きしめながら隆が言った。奇世は未来が生まれて家事が忙しくなっても、毎朝必ず隆が起きる前に化粧をして、髪も綺麗にブロウした。未来が生まれても、旦那のことは二の次で未来だけに興味が向いてしまうということは一切ない。いつまでも隆には美しいと思われたい。母としてではなく、女として愛されたいのだ。未来が生まれてからより一層、隆のことを愛している。奇世が隆を愛すれば愛するほど、隆はその愛を何倍にもして返してくれる。愛情表現が豊かな隆と暮らしていると、自分たちは愛の中に生きていて、愛のために生きていると感じることができる。愛を与えれば、愛を与えてもらえることを奇世に教えたのは隆だった。

近頃の隆はといえば、銀映というストリップ劇場に行くことにはまっている。幼稚園からの同級生の、眉毛が異常に濃くて太い浅黒肌の安西《あんざい》といつも一緒に行っている。何が面白いのか知らないが、ストリップを見に行く際は、隆は奇世に「今日ストリップ行ってくるわ！」と必ず伝えた。そして数時間後に帰ってくると「安西がよう、今日SMショーで選ばれてステージ上がったんだわ。ストリッパーがちょっと歳食ったおばちゃんだったんだけど『あそこ舐《な》めろ』って言われてあれは笑ったわ」などと言って現場の報告までした。安西の背中にはしっかりロウソクの跡なんかもあったそうで、奇世は笑った。安西に「お前たちは変わった夫婦だな。うちの嫁にストリップ行っとることがバレたら大変なことになるわ」と言われた。奇世は隆がストリップに行っても何とも思わなかった。あれはだめ、これはだめ、何時には帰ってこいなどと隆を縛り付けるのは奇世の性に合わない。いつも隆の愛を感じるから、隆が稼いで安心させてくれるから、たまの息抜きは必要だと奇世は思うのだ。

未来を出産して、医者の許可が出た日からすぐ、奇世と隆は夜の営みを再開した。二人とも一刻も早く体を重ねたかった。張った乳房を露にして奇世は女としての幸福と母としての幸福の両方を手に入れたことを感じる。隆が「愛してる」と言うたびに、その言葉をそのまま返しながら心の中で『あたしのほうがもっと愛しとる』と思う。それほど愛しても愛しても愛し足りないほど、隆のことを愛している。奇世はすぐに第二子を妊娠した。未来が生まれてまだ四ヶ月しか経っていない頃だった。

「こんなにうまくいっていいもんなのか！」

妊娠を告げると隆はつぶらな目を見開いて驚いた。

「あたしたち相性が良すぎるね」

「ほんとだなあ。次は男の子が欲しいなあ」

奇世も男の子を産みたいと思っている。

「こんなにすぐまた授かるとはようやったね」

利も絹代も驚き、喜んだ。

「子供は二人はおったほうがいいでね。二人目にもなると奇世ちゃんも慣れたもんだろう」

三上家にも報告の電話をすると奇世の立て続けの妊娠に皆が驚いた。ちょうど、幸の嫁の亜紀も第二子を妊娠中だった。生まれてくる子は、奇世の子と同級生になる。

未来を産んだ時に世話になった豊田の木内産婦人科にかかった。ついこの間まで未来がお腹にいたと思ったら、もう今自分の体の中に新しい命が宿っている。妊娠の記憶が新しいため出産に関することに奇世は慣れている。まだ小さい未来を抱いて名古屋から豊田まで1時間かけて電車に乗って健診に通うと、いつも大勢の人たちが親切にしてくれる。見知らぬ人に席を譲ってもらったり、未来の遊び相手になってもらったり、「あの赤ちゃん可愛い」と遠くから言ってくれるだけで奇世は幸せな気持ちになる。

「お腹の子、男の子だって」

隆は大喜びで「奇世すごいぞ!」と言ってしきりに称えた。ついこの間、未来を産んだばかりなので奇世は落ち着いた妊婦生活を送っている。未来を妊娠していた頃は目が綺麗な子になるからと言われてアワビをたくさん食べたり、風邪をひかぬように人混みを避けたり、神経質になっていた。しかし二人目となると、しかも次は男の子だと思うと女の子の時よりも神経質になりすぎることなく、出産までどんと構えていられる。

隆は独立して自分の宝石店を持つために、会社に正式な退職届を出した。これから長男が生まれるということが大きなきっかけになった。本格的に物件を見て回り、経理を担当する人を紹介してもらい、忙しくも準備を着実に進めている。隆は生き生きとしている。自分の店を持つのは隆の夢だ。その夢がようやくもうすぐ叶《かな》うのだ。

「自分の店を持つってことはどえらい大変なことだって痛感しとる。税理士と会ったり業者と交渉したり、やることは山積みだけど、今、生きとる、って感じる」

隆が眩しい。隆が一層仕事を頑張れるように、元気な男の子を産むのが自分のやるべきことだと奇世も気合いが入る。いよいよ寝返りがうてず、がに股になるほどお腹が大きくなると、お腹の子は奇世のお腹をこれまで以上にやたらと蹴った。やんちゃな男の子が生まれてくるのだろうと奇世は笑った。男の子と女の子ではお腹にいる時から全然違う。未来は奇世のお腹を蹴らなかった。静かに、羊水の中に浮かんでいる様が想像できたのだった。

昼食にツナを入れたオムレツを作って食べていたところだった。おっぱいを飲んだ未来はお利口に眠っている。陣痛が来そうな気配がした。奇世は冷静に、とにかく病院がある豊田に向から必要があると判断した。自力で行くことは不可能で、携帯を持っている隆に電話をかけると、隆はすぐに帰ってきて豊田の病院まで向かった。道中、痛みが落ち着いたのでひとまず実家に寄ることにした。三上家に着くと、家にはサチ子と櫻子がいた。

「お姉ちゃんどう？」

「痛いけど、まだ大丈夫そう」

「お義母さん、ちょこっと腹が減ったんだけどなんかあるかな？」

隆が腹が減ったと言い出し、サチ子がおにぎりを作って食べさせた。奇世は横になっている。時間の経過が曖昧になっていく。いつのまにかサチ子が出した酒を飲んで隆が上機嫌になっている一方で、奇世はお腹の痛みがだんだん激しくなってきた。実家に着いて何時間経ったのだろう。痛みを我慢していたのだがもう限界、そう感じた奇世はサチ子に病院に連れてってくれと頼んだ。病院に着くともう陣痛はピークに達していた。

「全開です！　子宮口が完全に開いてます！　分娩室に入りますよ！」

そのまま分娩台に乗り2時間後に子は産声をあげた。夜中の2時8分に奇世は元気な男の子を産んだ。隆は酒がまわり分娩室の外で待っている間にいびきをかいて眠ってしまっていた。安気なものである。未来は三上家で櫻子と留守番をしていたのだが翌日、

「ミーちゃんが寂しそうだで連れてきちゃった」

と言って櫻子が病院に連れてきた。ベビーカーにちょこんと乗せられた未来は、おしゃぶり

をくわえて手にはウサギの小さなぬいぐるみを持っていた。一日離れただけなのに奇世は嬉しくてたまらなかった。未来は奇世の姿を見つけると両手を広げて抱っこを求めてきた。この瞬間に自分だけを求める未来の愛しい姿に奇世は思わず涙ぐんでしまい思いきり抱きしめる。

「ミーちゃんいい子で待っとったねえ」

柔らかいほっぺたに何度も何度もキスをした。ミルクの匂いがしてまた食べてしまいたいくらい可愛くてもっと強く抱きしめたくなる。抱きしめても抱きしめても未来への愛はおさまらない。未来はもう離れないと言わんばかりに奇世にべったりくっついた。おっぱいを飲むと奇世の腕の中で眠った。天使の生まれ変わりとしか思えない未来が眠っているのを見つめ、未来が目覚めた瞬間にぼんやり見つめてくるとたまらなく幸せになった。櫻子が奇世を気遣って、

「ミーちゃんそろそろ櫻子とお家に帰ろっか」

と言うと、未来は珍しくダダをこねてわんわん泣いた。奇世ともう絶対に離れないという強い意思で。そのまま未来は奇世が退院するまで一緒に病院に泊まった。ベビーベッドで眠っている生まれたての弟を見つけると、未来はとても不思議そうな顔をしていた。

「ミーちゃんお姉ちゃんになったんだよ。ミーちゃんの弟くんだよ。可愛いねえ」

まだ会話はできないのに奇世はとにかく未来にたくさん話しかける。未来は不思議そうに見つめては、生まれたばかりの赤黒い弟のほっぺたを触ったりした。絶対に強く触れたりつねったりすることはなく、やさしくさするように触れていた。小さな未来にも母性が生まれている

ように奇世には映った。

二人目の子供は城と名付けられた。将来自分の城を持てるような男になってほしいという隆の願いから付けられた名前だった。念願の長男の誕生を藤岡家の人たちは心から喜んだ。未来ほどではないものの小さな赤ん坊だったので、皆が奇世にたくさん母乳を与えるよう勧めた。

城が生まれてちょうど十日目に、隆は自分の宝石店を開店させた。店は「ミラノジャパン」と名付けた。ミラノは奇世と隆が新婚旅行に行った場所で、そこから名をとったのだ。

これから自分が忙しくなることを予想し、また年子を育てる奇世の大変さを危惧《きぐ》した隆の意向で、隆の実家で両親と同居することになった。利と絹代が暮らす母屋とは別に藤岡家には二つの離れがあり、奇世と隆は二階建ての離れに住むことになった。まだ赤ちゃんの未来を抱えながら、さらに生まれたばかりの城を育てるには誰かの手助けが必要だったし、奇世は隆の両親と同居することを嫌だとは全く思わなかった。奇世は藤岡家の長男に嫁いだのだ。隆がたいせつにする両親と暮らすことは当たり前のことだと思うのだ。

朝食は母屋で利と絹代と、奇世たち夫婦と子供たちと家族全員で食べる。藤岡家の朝食は必ずガス釜で炊かれたご飯が食卓に並び、米は魚沼産のコシヒカリときまっていて、固めに米を炊くことを奇世は覚えた。絹代が作ったかなり濃い赤出汁に、板わさと干物と佃煮《つくだに》が定番だった。

利・絹代夫婦と隆、子供たち、家族全員で囲む食卓はとても賑やかで楽しかった。やはり家族の輪の中心には隆がいる。そして可愛い子供たち二人。奇世にとってはこれ以上望むものなんてないと思うくらい、理想的な生活だった。楽しくて幸せな家庭を手に入れた実感が毎日ある。

奇世と隆は喧嘩をしたことがなく、ほんとうに仲のいい夫婦だ。妻にぞっこんの息子を見て絹代が奇世に嫉妬するくらい、恋人同士がずっと続いているような夫婦だった。

夕食の支度のために台所にいた時だった。忙しい隆は奇世たちと同じ時間に夕飯を食べられないため、利と絹代の暮らす母屋で作る。台所は家の前の通りに面していて近所の人たちが話す声や車の音がよく聞こえる。台所の窓さえ開ければ外の様子だって見ることができる。包丁使いもかなり板についてきた。奇世はキャベツの千切りをしていた。絹代は近所の肉屋に桜肉を買いに出ていた。外で絹代が話している声がかすかに聞こえる。

「うちの嫁はよう、すっかりいばっとってどっちが嫁かわからんくらいだわ！」

「近頃はどこの嫁も強いわ」

近所の人と話しているのが聞こえた。これあたしの悪口やん。奇世は傷つくこともなくすこし面白いとさえ思う。

「隆とも仲が良すぎるでいかんわ。たまには喧嘩しやあいいのに」

いい皮肉っぷりだと思う。奇世は自分自身が息子を持ったから絹代の気持ちがわかる。愛する我が息子が、自分以外の女のことを愛している様を毎日まじまじと見せつけられるのだ。絹代が切ない思いをしているのは理解できる。それくらい奇世と隆は仲が良い。

　未来は城が生まれてからすっかりお姉さんのようになって、自分のことは自分でやりたがる。自分が店の代表で店長になり、休みなしで働く忙しい隆のためにも、家のことを完璧にこなし家をしっかり守るのが奇世の仕事だと思っている。だから奇世は隆に子育ての手伝いを一切求めていない。でも長男が生まれてよっぽど嬉しいのか、隆はたまに早く帰ってきた時は子供たちをお風呂に入れてくれた。独立してから隆の稼ぎは格段に良くなった。世の中の景気は良く贅沢品の中でも好景気を象徴するような宝飾品は飛ぶように売れた。稼げている、ということが隆自身の仕事に対するモチベーションにもなっている。

　城が生後六ヶ月になった頃、奇世は痔瘻《じろう》になって数日だけ入院することになってしまった。子供たちを藤岡家の両親に預けるのは、両親にも小さな可愛い子供たちにも申し訳なかった。離れている時間も子供たちのことが気がかりで仕方がない。未来は人懐っこく、聞き分けがよく辛抱強い。城はまだ乳飲み子なので、利や絹代に作ってもらった粉ミルクを飲んでもらうしかない。可能な限り、母乳で育てたい。自分の膨らんだ乳房に吸い付く我が子の小さな口元、閉じた目と長い睫毛。目やにさえ愛おしい。ほんとうは片時も離れたくないのに。久しぶりにひとりになって奇世は困った。どちらかというとひとりでいることが好きなタイプだったのに、ひとりきりはあまりにも寂しかった。自分だけの人生ではない、奇世は隆、未来、城の人生も共にしているのだ。

痔瘻を完治させ藤岡家に帰ってきて母屋を見た奇世は、やはりここが自分の居場所だと感じる。

「ただいまー」と声を弾ませて玄関の引き戸を引くと、「ママー」と、未来が駆け寄ってくる。

「ミーちゃん、会いたかったよー」と強く抱きしめる。未来はゲラゲラ笑っている。

「いい子にしとった？」

まだ笑っている。

「じょうくんがね、さっきねうんちしたよ」

未来がくりくりした透き通った目で奇世に伝える。なんて可愛い娘なんだろう。城は絹代に抱っこ紐で抱かれて眠っている。城は未来と違って男の子らしくしっかりとした体つきに育っている。肌の色も未来より黒い。

「ちゃんと昨日は公文に行ったんだよなあ」

利が煙草を吸いながら未来に向かって言った。未来はまだ1歳半だというのに、近所のお寺で教室が設けられている公文式に行き始めた。やれることと言えば星と丸を繋げることくらいらしいが、小学生や中学生に交じって小さい未来は大人しく机に向かっているらしい。先生からも「大した1歳児だわ」と褒められた。

お風呂上がり、色違いのお揃いのパジャマを着た未来と城は、離れの玄関で隆の帰宅を待っている。未来は正座をして、城は奇世のひざの上だ。

1時間前に、「もうすぐ店を出るでな」と隆が店の電話から掛けてきたのでもうじき家に着く頃だった。仕事で疲れて家に帰ってくる隆を喜ばせたくて、未来に、玄関に正座して三つ指をついて「おかえりなさいませ」と言うように教えたらその様があまりにも可愛くて最近の藤岡家のブームになりつつある。隆がこうして10時頃に家に帰ってこられる日は子供たちも起きて隆の帰りを待つ。

車が停まる音がする。奇世の心も躍っている。

「パパ帰ってきたよ！」

おかえりなさいの挨拶をして隆が喜ぶのが楽しいようで、未来も城も二人揃ってケラケラ笑いながら玄関の戸が開くのを今か今かと待っている。鍵は隆のために開けられている。

「おかえりなさいませ」

奇世が教えたように、お利口に正座をして三つ指をついて頭を下げながら未来が言った。そして隆は目尻を下げて喜ぶのだった。その後で思いっきり二人を抱きかかえるのだ。

「お前たちなんちゅう可愛いだあ！」

隆が大きな声で言う。かけがえのない瞬間に奇世の胸に生温かいミルクのようなものが込み上げてくる。子供たちが生まれて間もない頃の乳が張って今にも母乳が溢れ出そうな感覚を思い出した。愛する夫が我が子たちを愛おしそうに見つめている。こんなに幸せでいいのだろうか。愛する夫は家族のために男としてのプライドを持つ働き者で、子供二人はまるで天使だ。可愛いなんてものではない。子供たちはこの世で一番自分のことを必要としているのだ。

ネクタイを外す隆を奇世は城を抱っこしながら甲斐甲斐《かいがい》しく手伝う。手取り足取り身の回りの世話をすることを隆は奇世に求めている。

「金山のおかあさんのところに子供たちも連れて会いに行きたいんだけどええかやあ？」

「そうだね。会いに行こうって言っとった矢先に城を妊娠したんだった。城ももうじき1歳になるしみんなで行かなね」

「随分遅くなってまったなあ」

「仕方ないよ。隆ちゃんもずっと忙しかったんだで」

「じゃあ今度の日曜に行こう。奇世、都合つくかおかあさんに電話しといてくれるか？」

「もちろん」

「よーし！　ミー、金山のおかあさんにみんなで会いに行くぞー」

未来を抱きしめてから高い高いをした。未来は嬉しそうにケラケラ笑う。体格のいい隆に抱っこされると未来はより一層小さくか細く見える。こんな可愛い子が自分から生まれてきたなんて、奇世は自分自身さえ誇らしい。

家族揃って金山のおかあさんに会いに行く。奇世は寝室の天井を見つめながら想いを馳せる。

隆も子供たちもすっかり寝息を立てて眠っている。前回母に会ったのはまだ未来がお腹にいる頃だった。加世が一吉と別れた理由を知り、奇世と幸を手放したわけを知り、櫻子の出生の秘密を知った。あの時は加世に対して自分の母親として特別な感情を抱《いだ》くことができなかった。今、奇世は二児の母となり自分の愛のすべてを子供たちに捧げている姿を見せるのだ。あたしは何があっても絶対にあなたのように子供たちを捨てることはしない。そんな強い意志を空高く掲げて。

金山の加世のところに家族全員で出掛けた。運転する隆は休日らしくリラックスしている。家族で加世に会いに行く奇世の胸の内を隆が果たして理解しているのかは定かでない。後部座席で奇世は城を抱きかかえ、横に未来を座らせた。子供たちと隆に会って加世は何を感じるだろうか。自分の手で育てなくても自分の娘が愛する男と結婚し、子供を育てている姿を見て報われるのだろうか。あたしはおかあさんを許しているのかもしれない。いや、もうそんなことはどうでもいいと思っているのかもしれない。だってあたしにはこんなに強い愛で結びついた家族がいるのだから。

「三鈴」の外に加世が立っていた。車を停めると、隆はすぐに降りて加世に駆け寄った。子供たちは見知らぬ女の人を見て固まっている。

「どうもどうも！　おかあさんはじめまして！　ご挨拶が遅くなってすみません！」

隆はこういう時ほんとうに感じが良い。

「こちらこそ気を遣わせてしまって」

未来と手を繋ぎ、眠ってしまった城を抱きかかえ奇世は加世と隆のほうへ近づいた。

「まあなんちゅう可愛い子たちなの！　奇世ちゃんの小さい頃にそっくりだがね」

涙もろい加世は目に涙を浮かべている。

「信じられん、ほんとにそっくりなんだわ。可愛いね」

未来は警戒しているのか奇世の手を強く握っている。「大丈夫よ」という気持ちで奇世は未来に微笑んだ。

「おばあちゃんにこんにちはして」

「こんにちは」

未来が加世の目をしっかり見つめて言った。

「可愛いねえ」

加世に頭をそっと撫でられる時、未来は瞬《まばた》きひとつせずに加世を見つめていた。そして隆に抱っこをせがんだ。

「城は車の中で寝ちゃいまして」

「おっぱいあげたらぐっすり」

「城くんも可愛い子だがね。まあ中入って。珈琲淹《い》れるでね」

加世の喫茶店に来るのは二年振りだ。一度しか来ていない場所なのに懐かしいのは何故だろう。

「落ち着く喫茶店ですね」

「ありがとう。奇世ちゃんはミルクたっぷりの甘いのがよかったよね」

前回ここに来た時にミルクたっぷりの甘い珈琲が好きだと言って加世に淹れてもらったのだった。

隆は煙草を吸っている。奇世も加世も煙草を吸った。加世はカウンターの中に立って煙草をふかし珈琲がドリップされるのを待ち、奇世たちはカウンターに座っている。

「隆さんありがとう。奇世ちゃんを幸せにしてくれて」

加世の目は真剣だった。

「頑張ります」

加世は未来にはりんごジュースを買っておいてくれた。熱いカフェオレをすすると奇世は懐かしくて甘くてほっとした。

「子供たちは天使だねえ」

「ほんとに可愛くて。僕が仕事でおらん間に奇世がひとりで一生懸命やってくれとります」

「もうほんとに可愛くて可愛くて、片時も離れたくないねえ」

奇世ははっとして、加世に対して言ってはいけない言葉だったのではないかと気になった。

「ねぇ、奇世ちゃんの小さい頃の写真見ない？」

加世が二階の自室に向かった。奇世は自分が未来や城くらいの年齢の頃の写真を一度も見たことがなかった。三上家に幼少期の写真がなかったのだ。奇世は隆を見つめた。隆の目は垂れていつものようにやさしかった。テーブルに置かれた隆の手の甲に奇世は自分の手をそっと重ねてさすった。隆に触れると落ち着く。未来も大人しくりんごジュースを飲んで持ってきた絵本を見ている。

「ほんとそっくりだわ見てみて！」

加世が興奮した様子で二階から下りてきた。

奇世も隆もすっかり驚いてしまった。写真の奇世は未来にしか見えなかったのだ。

「こんなに似とる母娘があるかねえ」

「自分でもほんとにそっくりだと思う」

「おんなじ顔しとる」

未来よりも少し体のつくりが大きいくらいで、奇世と未来は瓜《うり》二つだった。奇世はまた未来との結びつきを強く感じる。

「おかあさんこの写真貰っていい？」

「もちろん。持っていきゃあ」

会いに来てよかったと奇世は思っていた。未来が子供の頃の自分と瓜二つだったことに奇世はすっかり感激していた。

隆の店が忙しい時や何かあった時に奇世も店に立ったりして助けられるようにしておきたい。そうなった場合、年老いた利と絹代に子供たちの世話をさせるのは申し訳ないので子供たちを保育園に入れた。未来は公文が楽しいようで、先生からも「集中力がすごい」とお墨付きを貰っている。子供たちが「やりたい」と言ったことはすべてやらせてあげたい。隆もその意見に賛同して、子育てに関しては奇世に任せて仕事に集中している。隆の顔つきはすっかり経営者の風格が出て、身につける背広もアルマーニやディオールになった。グッチの革靴はいつもピカピカに磨かれて隆の持ち物は高級品になった。32歳にはとても見えない裕福で堂々とした出《い》で立ち。髪はポマードで艶々なオールバックにセットされている。子供たちに買い与えるブランド物の服にもおもちゃにもお金を惜しまないのだが、奇世は少々使いすぎているのではないかと心配している。

　奇世は子供たちに質のいいものを身につけさせてやりたいと思っているので、自分が好きなものを買うのは二の次三の次だった。店は順調なので、美しい宝石を売る店には必要であるとかねて隆が思っていた女性の従業員をひとり雇った。真面目でよく働く子だった。隆は気が多いので、奇世はいちいち隆と接点を持つ女たちのことを気にかけなければいけなかったが、お店に入れた従業員は奇世より二つ年上で一重まぶたの地味な顔で隆のタイプではない。隆は目鼻立ちのはっきりした派手なタイプの女が好みである。その従業員と何かあるとは全く考えられない。バブルの余韻の中、人々はたくさんの万札を使い、自らを着飾るための宝飾品は金持ちの欲望を満たした。高い値段をつけても宝石は飛ぶように売れた。隆の接客はリズミカルで客のペースを自分のものにしてしまうし、褒め上手でもあった。わざとらしさも嘘くささもなく、本心から感激して「どえらい綺麗ですよー！」「これはお客様にしか絶対に似合わんデザインだと思います」と純真無垢《むく》な顔をして言う。隆の話術は客を気持ちよくさせ自信を持たせる。

「俺は人が喜ぶ顔が見たくて今の仕事をやっとる。仕事は俺の生き甲斐だで」

隆はもともと自信家ではあったが、ここ最近になってさらに自信に磨きをかけている。派手になったのは見た目だけではない。安西とともに幼稚園からずっと一緒のヨッちゃんとの派手な付き合いが増えた。ヨッちゃんは実家のコンクリート工業の仕事を継いで隆よりもずっと羽振りがいい。サラリーマンの安西は嫁と娘二人と慎ましやかな生活をしているが、ヨッちゃんは見た目も中身もド派手であった。隆よりも早くに結婚し、未来や城よりも年上の子供が二人いたが遊び癖はやめられない。よそに女がいて、しかも愛人の存在を奥さんも認めているというから信じられない。隆とヨッちゃんは同じ社長ということで馬が合い、最近になってさらに距離を縮めている。ヨッちゃんのような生き方が許されるなんて隆には思ってほしくない。ただ隆に少々お調子者なところがあるのは奇世もよくわかっていて、良くも悪くも素直で影響を受けやすい。できればヨッちゃんとつるんでほしくなかった。

飲みに行って接待するのも仕事なんだと隆は言い、夜中の2時3時に帰ってくるのが日常茶飯事になってきた。子供たちはまだ幼いのに、夜中まで隆が帰ってこないことは奇世を不安にさせた。クラブに飲みに行くことがほんとうに仕事にいい影響をもたらすのか奇世にはわからない。酒臭い隆が帰ってくると奇世は一言言いたくなってしまう。まだ下の城だって1歳にもなっていないのに、あまりにも帰りが遅すぎないかと。「仕事だから」と言われればそれまでだった。奇世はここのところずっと我慢している。飲みの場ではきっと色々な出会いもあるに違いない。実際に隆のスーツのポケットにはしょっちゅう名古屋のクラブの子の名刺があった。隠さないのが隆のいいところであるとは思う。後ろめたいことをしていれば普通は証拠を隠すだろうし堂々とはしない。でもこうまでしょっちゅう帰りが遅いと、奇世は不安になり不満が募っていく。毎晩毎晩隆の帰りを待ちながら苛々して仕方なかった。店からすぐ家に帰って、幼い子供たちともっと一緒にいたいと思わないのだろうか。昨夜は朝まで城の夜泣きがひどく、深夜に帰ってきて眠っていた隆に、

「おい、いつまで泣かせとるだ。なんとかしろよ」

と怒鳴られた。奇世は泣き止まない城と一緒に泣いてしまいそうなのをぐっと堪えた。「ごめんね。疲れてるのに」心とは裏腹な言葉がつい出てしまう。なんでそんな言い方をするの。すこしでいいからたすけてよ。奇世は隆に対してそういう不満や願望をぶつけることができない。できれば言い争いは避けたかった。自分さえぐっと我慢して耐えていればいいのだ。

帰りが深夜になっても、隆はしょっちゅう奇世を抱いた。いつも隆が疲れているのは明らか

だった。そんなに疲れているなら真っ直ぐ家に帰ってくればいいのに。ふりしぼったような強いエネルギーで奇世を抱く。抱かれることで奇世は不安を脱ぎ捨てることができた。抱かれているうちはまだ大丈夫だと言い聞かせることができた。自分が隆を抱くのではなく、隆に抱いてもらっているという感覚でいることに奇世は虚しさを感じる。

奇世は隆の愛に餓《う》え愛に囚《とら》われてしまった。愛する隆と、愛する子供たち二人さえいてくれればそれで十分なのに、隆は今の生活以上にお金も、地位も、名誉をも求めている。ただ何かを求め欲しがることが、隆を上へ上へと高めていることを奇世は十分理解している。

その日、珍しく隆は携帯電話を忘れて仕事に出た。まだ世の中のほとんどの人が携帯電話を持っていない中で隆はいち早く自分の携帯電話を持っていた。高額でも新しいものに目がない隆は迷わず手に入れた。欲しいものは手に入れないと気が済まないのが隆だった。奇世が携帯電話に気が付いたのは隆を仕事に送り出して、子供たちを保育園に自転車で送り、離れの自室で一息ついていた時だった。「忘れるなんて珍しい」と思いながら、今夜も隆の帰りは遅いのだろうかと危惧している。昼過ぎに隆の携帯が鳴った。もしかしたら隆がどこかから自分の携帯電話にかけてきたのかもしれないし、隆の大切なクライアントや仕事関係の電話かもしれないととっさに思った奇世は電話に出た。

「もしもし」

「……もしもし」

その声が隆でもなければ、仕事の関係者でもないことがその吐息からわかってしまった。

「藤岡の妻です。今日主人が携帯電話を忘れて出てしまっておりまして」

「あ、そうですか」

「お電話があったと伝えましょうか？」

「いえ、結構です。失礼しました」

女の人はぶっきらぼうにすぐ電話を切った。胸の鼓動が高まっている。苦しくてうまく呼吸ができない。ここ最近になって隆の様子がおかしいことくらい気づいていた。帰りが遅いのは仕事のためだけではないことくらい薄々勘づいていた。だけど決定的なものがあったわけではなかったし、妻として隆を信じなくてはいけないという気持ちを何とかして持とうと自分に言い聞かせていたのだ。何かが起ころうとしている。いや、もう既に始まっているのかもしれない。悲しみ以上に怒りが込み上げ、その後でまた深い悲しみに襲われた。

携帯電話を忘れたせいか知らないがその日、隆はいつもよりずっと早く家に帰ってきた。奇世は怒りに満ちた冷たい声で隆の帰宅早々に言った。聞くタイミングなんて計ってはいられない。

「隆ちゃん携帯電話忘れてったでしょう？　女の人から電話があったよ」

「おう、そうか」

奇世はしっかりと隆の姿を捉える。一挙一動を見逃さないように鋭い視線で。隆は冷静を装っている。

「仕事関係の人だといけないと思って出たんだわ。でも仕事関係の人じゃあなさそうだったけど。掛け直させようかって言ったらいいですってすぐ電話切られちゃった」

「そうか」

隆は逃げるように寝室でスーツを脱いでいる。

「もしかして隆ちゃん、よそにいい人おるの？」

「そんなのおらんに決まっとるが」

嘘をつくな。隆はいつも通りの自分でいるつもりだが奇世にはお見通しだった。

「隠し事はしんで、お願いだで正直に話して」

どうかあたしの思い過ごしでありますようにと祈るしかなかった奇世だった。

「ごめん。個人的に親しくしとる人がおる」

隆はあっさり認めた。奇世は目の前が真っ暗になったが、心と裏腹にしっかりと隆の目を見つめた。

「どこで知り合ったの」

「お客さんがその子を店に連れてきたのが最初だった」

その子、と隆が言っただけで奇世には応えた。どんな風にして隆は『その子』と恋に落ちてしまったのか。

「ごめん」

どうして泣きわめいたりできないのだろうか。泣きながら「その人と別れてよ！」と隆に懇願することはどうしてかできなかった。どんな対応が正解なのかもわからない。ただ自分は隆の妻である。死ぬまで一緒にいると誓い合った妻である。だからどんなことが起きても、堂々と構え冷静に対応しなくてはいけない。だから奇世はいい妻ぶったのだ。

「認めてあげる」

「え？」

「だからその人との関係、認めてあげる」

泣き叫ばずに、別れを求めずに受け入れるのがいい妻の対応だと奇世は判断した。泣いてすがりつくのは奇世のプライドが許さなかった。

「だってこそこそされたほうがもっと気になる。その人のこと好きなの？」

普通はこういう場面で女は泣くのだろうか。泣いてしまったら自分を傷つけた隆やその女に負けるような気がした。隆が質問に答えようとして口を開く。

「言わんでいいって。とにかくこそこそされるほうがあたしは嫌だで」

隆は予想外の奇世の発言にあっけにとられている。

「その人と会う時の門限は3時ね。朝帰りはだめだで」

「わかった」

何がわかっただ。あんたは何もわかってないよ。あたしがどんな思いで認めたか。奇世は隆に失望した。

「それから」

隆の目がすこし安心しているのに奇世はまた腹が立つ。

「その人に会う日は、ちゃんと会うって言って」

馬鹿正直な隆は、それから公認に安心しきって、女に会う日は必ず奇世に報告した。約束の深夜3時には必ず帰ってきた。1時や2時ではなく、3時ぴったりに帰ってくるのが奇世は気に入らなかった。「今日会ってくるで」そう言われた日は寂しくて悲しくて眠れない。女に会う日はいつもより派手なネクタイを選び上質なスーツを着て、いつも以上に時間をかけて鬚を剃っている隆を奇世は見て見ぬ振りをした。そういう時に見る子供たちの笑顔がまた切なかった。子供たちを抱きしめながら、この子たちだけは絶対に自分を裏切らないと信じることができた。隆に付き合っている女がいることは利と絹代には伝えていない。二人とも何も知らずに隆を忙しく働き者の息子としてねぎらう。隆に女がいることを誰にも言えないのは、妻として、母としての自尊心からだった。自分の亭主がよそに女を作ったなんて恥さらしなことだ。子育てては日に日に忙しくなっていく。保育園の送り迎えを絹代がやってくれたり、「ご飯作らんでええで近所に夕飯を食べに行こう」と利が誘ってくれたりして救われた。

ダブルベッドを二つ並べた寝室で、一番右の窓側から城、奇世、未来の順になって眠った。子供たちが眠る時、隆の姿はいつもない。

「ママーお話読んで」

未来は眠る前に奇世に絵本を読むようせがんだ。絵本や童話を読むのが大好きな未来に、奇世はたくさんの本を買い与えた。今頃隆は女を抱いているのだろうか。考えてはいけないと思ってもやめられない。美味しい食事をして、美味しい酒で気分を良くしているのかと思うと怒りで貧乏ゆすりが止まらない。子供たちが小さな寝息を立て始めると、奇世は子供たちを起こさぬよう静かにベッドから出て、台所でウィスキーの水割りを作って飲んだ。これで少しは眠れるかもしれない。子供二人の間に横になっていると玄関の鍵が開く音がして隆が帰ってきたことがわかる。時計を見ると3時ぴったり、いつも通りだった。階段を上がって寝室に向かってくる隆の足音が聞こえると、奇世は眠った振りをした。そんなことをしている自分がまた虚しかった。他の女を抱いた体であたしを抱くな。他の女に触れた手で子供たちを触るな。

今ある幸せを壊したくない。それが奇世のたったひとつの願いだった。隆はいつか目が覚めるだろう。だってあたしたち夫婦は大勢の人の前で永遠の愛を誓い合った仲なのだ。そんな簡単に壊れるわけがない。でも、どうしてあたしだけじゃだめなのか。子供二人を産んで、いつも綺麗であることを心がけ、女を捨てたわけでもないこのあたしがいながら、どうして他の女のことを好きになってしまったのか。軽い火遊び程度ならまだよかった。毎度違う女と寝てくるほうがまだよかった。少なくとも付き合うという決断を隆がした時点で、もうあたしたち夫婦は何かが崩れてしまった。奇世の心がこれほどまでに掻き乱されていることを隆は知らない。こんなにも奇世を傷つけていることに隆は気づいていない。

「あの人に家庭があるってことちゃんと伝えとるよね」

「それはもちろん、伝えとる」

「30歳前に愛人なんて可哀想。幸せになれるわけがないのに」

隆は口を結んで一度頷いた。

「なんで他の女の人に目がいくの？」

「俺は奇世ちゃんには何の不満もない。でも例えばちょっといい女を見たりした時に、あの子のあそこはどんな風かなと思ってまうんだわ。それが男なんだ」

奇世は言葉を失った。隆は心と体は別だという。それが奇世には全く理解できない。

それから奇世はまた隆のスーツのポケットから手紙を見つけてしまった。どうして捨ててこないのか、どこまであたしに虚しい思いをさせるのか。愛する男にがっかりしてしまうことほど虚しいことはない。

「素敵なお洋服どうもありがとう。大切にします。隆さんはこんな風にしか私への愛を証明できないと言いましたね。私はそんな気を遣わなくていいのにと思うの。隆さんが奥さんとお子さんのところに帰っていってしまう時、その後ろ姿を見るのがとてもつらい。でも私は平気です。今この二人の時間さえあればそれだけで十分なんです」

気持ちがわるかった。何を許されない愛に酔いしれているのだ。人の家庭の幸せを壊しておいて、自分が幸せになれるわけがないのだ。そんな虫のいい話があるわけがない。妻子ある男を選んだのはそっちじゃないか、報われない恋に悲劇のヒロインぶるんじゃない。

隆が女に洋服やらをプレゼントしていることも知った。女にあげる金があるなら子供たちのために使ってほしかった。奇世は隆に対しても相手の女にも怒りを覚え、手紙を破って捨てた。


「あの人との交際費にいくら使っとるの？」

「毎月20万くらいかやあ」

「じゃあそれと同じ額をあたしにもください」

その毎月の20万円を奇世は一銭も使わずに貯金した。隆は小遣いとして自由に使うと思っているだろう。しかし奇世は子供二人を抱えて、これからどうなってしまうのかわからなくて不安だった。もし万が一のことが起きても、子供たちをちゃんと育てていかなくてはいけない。だから念には念を入れなくてはならないのだ。そういう風に考えるのが母親なのだ。子供を産んだ以上、きちんと育てる責任がある。利に教えてもらい、貯めているお金の一部を株で増やすこともできた。隆の交際が続けば続くほど奇世の貯金はなかなかの額になっていった。

そんな矢先、ヨッちゃんが、愛人を孕《はら》ませた。真っ赤なポルシェを乗り回し、派手なスーツを着て、ロレックスの時計をこれ見よがしに身につけて、声が大きくてまるで父親世代が話すような古臭く下品な名古屋弁を使う人だった。お金を払い中絶させたということを隆から聞いた。自分はそこまで最低なことはしていないということを奇世に伝えたかったのかもしれないが、その話を聞いて奇世はヨッちゃんの奥さんはもちろん、その愛人もほんとうに可哀想だと思った。女にだらしない男に二人の女が傷つけられた悲劇に、奇世は自分のことのように悲しくなり涙が出た。

隆だけはそんな風になりませんように。奇世はただ祈るばかりだった。隆は周りの影響もあって、ちょっと今はやんちゃしとるだけ。そう言い聞かせるしかない。隆はすっかり変わってしまった。羽振りのいいヨッちゃんとつるむようになってから自分はやり手の社長だと錯覚している。堂々とした男は格好いい。でも男としての生き様に間違った解釈をしてはいけない。そして自分の欲望のために家族を、誰かを傷つけてはいけない。

それでも相変わらず隆は毎日のように奇世を抱いたので、愛されていると信じていられた。抱かれることが、隆との愛を繋ぐ命綱のようだった。いつから抱かれることが義務のようになってしまったのだろうか。ただこの行為を失ったらあたしたちは終わりだ。隆に愛されていると思えば奇世は強くなれた。そして隆との愛の証である子供たちを見つめるたびに、その確かな存在がこの世に在《あ》るというだけで体中から力がみなぎってきた。

「別れたで」

隆が女と別れたという。半年の戦いだった。別れたと言われてもまだ信じられない気持ちと、また次に同じようなことをされるのではないかという心配が奇世を苦しめた。

「お前、俺が渡しとったお金、全部使わんで貯めとっただろう？　この間、通帳見たんだわ。すっかり全部好きに使っとると思っとった。すごい額になっとって俺はそれくらいのことを奇世にしとったっていうことを知った。目が覚めた。悪かった」

「よかった」

奇世は最近作り笑いばかりしていたので、うまく笑うことができなかった。しかしほんとうに久しぶりに安堵した瞬間だった。

「もう、完全に終わったんだね？」

「お前は俺のこと、全然信じてくれんなあ」

何気ない言葉でたまに隆は奇世を傷つける。信じたかった。でももう素直に隆を信じることはできない。女とのことはもうなかったことにしよう。忘れなければ、赦《ゆる》さなければ前に進むことはできない。

自転車に二人を乗せて保育園に連れていく朝は戦場だ。門のところで先生に子供たちを託すと未来はいつもしくしく泣いて、城はぼうっとこっちを見ていた。毎朝胸が張り裂ける想いだ。

未来は他の子供たちとは違って子供らしくないというか、ただそこにいるだけで目立つ存在だった。可愛くて、華奢で痩せていて自然と人を惹き付ける何かを持っている。未来は物心ついた頃から城の世話をして、弟がいる分、自分のことは自分でやらなくてはいけないと考えているのか妙にしっかりしていた。未来は保育園でも城の面倒をよく見た。城が他の子供にちょっかいをかけられると、その子供にやり返すほどだ。お昼寝の時間に眠れずに「おうちに帰りたい」と泣き叫ぶ城の頭をずっと撫でていたと先生から聞いた。未来は城の小さな母みたいだ。そんな未来のことを先生たちも特別に可愛がった。教えてもいないのにまるで愛され方を知っているようだった。

女の問題が落着して、奇世は隆の仕事の手助けをして自分も一緒に稼ぎたいと思うようになっていた。子供たちの将来のためにもっとお金を蓄えたかった。これから子供たちが大きくなっていって、「やりたい」と言ったことはすべてやらせてあげたい。選択肢を与えてあげることが親の自分ができる唯一のことだと思う。未来はきっとこれから色々なことをやりたがるだろう。城だって、その未来の背中を追いかける。

奇世は、隆の鞄持ちとして販売を手伝うようになった。最初は鞄持ちとしてただついていくだけだったが、仕事を覚えるとひとりで外商に行くようになった。宝石の目利きでもない奇世だから思うようには売れてはくれない。それでも奇世は、隆の店の売り上げに貢献できるようにたくさんの宝石を持って走り回った。高価なダイヤモンドや、ルビーやサファイヤが売れるとお客さんを抱きしめたいくらい嬉しくなった。

閉店時間が早い日、利と絹代がいる母屋で家族全員で夕飯を食べていた。日曜日は隆も一緒で子供たちは嬉しそうだ。未来も城もすっかり隆に甘えている。夕食が終わり、居間でテレビを観ながらみかんの缶詰を食べていた。テレビは尾崎豊が死んだというニュースで持ちきりだった。

「尾崎豊まだ26歳だったって。俺より8つも若いのになあ。奇世よりも年下だぞ。生き急いだなあ」

隆は家族の誰よりもこのニュースに衝撃を受けているようだった。

「隆ちゃんもあんまり無理しんで、たまには休んでよ」

「おう！　こないだ健康診断受けたばっかりだし、体力はあるでなあ」

「パパー肩車してぇ」

未来が甘えた声で言うと、城もその仲間に入れてほしくて「だっこ、だっこ」と言っている。隆は子供たちにとっていい父親だと思う。いつも愉快で、隆といる時は子供たちはいつも以上にきゃっきゃ騒ぎながら笑い転げている。隆は子供たちに甘いところがあるが奇世は今はそれでいいと思っている。一緒にいる時間が長い自分が子供たちをきっちり躾《しつ》ければいい。子供たちがたまに隆と会える時間くらい楽しく過ごさせてあげたい。

「ゴールデンウィークは豊田の実家に帰るんだよな？」

城が隆のほっぺたを思いっきりつねり、けらけら笑っている。それを見て未来が「だめでしょう」と城に怒っている。

「隆ちゃんはゴールデンウィークもお休みなしだもんね。5月の2日から三日間くらい行ってくるね。随分豊田にも帰っとらんもんでお父さんとお母さんに子供たちの顔見せてくるわ」


三上家に帰省する前夜、隆が仕事から帰ってきて奇世が作った醬油味の焼きうどんを食べ、さあ寝ようというところだった。二つ並べられたダブルベッドで家族四人並んで眠る。

「どうしたの？」

隆が布団の中でごそごそしている。

「なんだろう、眠れんのだわ」

「昨日も遅かったし全然寝とらんのに」

「疲れとるで寝たいんだけど、頭が冴えちゃっとるっていうのかなあ、頭だけ起きとるみたいなんだわ」

「昨日、隆ちゃんすごい寝汗かいとったよ。あんまり無理しんで」

「俺がおらんかったら店は成り立たん」

昨夜は眠りが浅く、まだベッドで横になっている隆に、朝から子供たちがちょっかいをかける。

「パパー」

未来が隆の胸の辺りをぱんぱん叩きながら声をかけ、城も「ぱぱー」と言いながら未来と同じようにする。

「お前たちは朝から元気だなあ」

隆の声が聞こえる。

「鬚じょりじょりー」と言って、隆のちくちくした鬚を触って子供たちが笑っている。

「こら！　パパまだ寝とるでこっち来なさい！」

不眠が続く隆が心配だ。今日、これから帰省するというのに奇世は後ろ髪ひかれる思いでいる。

「隆ちゃん、ほんとに大丈夫？」

「ちょっと熱っぽいで店行く前に薬局寄って風邪薬買って飲むわ。今日は大事なお客さんが来るで病院に行っとる暇がないし、まあ俺は大丈夫だで。ひとりだとようけ眠れるかもしれん。いや寂しくて逆に眠れんかもしれんな」

と言って笑った。いつも通り母屋で利と絹代と朝食をとると、隆は自分のセルシオに乗って仕事に出掛けていった。

三上家に帰ってまず奇世が驚いたのは部屋の汚さが以前にも増してひどくなっていることだった。明らかに掃除が行き届いておらず、整理整頓がまったくされていない。自分が育った家はこんな風だったのか。掃除機は居間に置きっ放し、テーブルには相変わらず煙草やら郵便物やらが散乱している。

「なんか家、汚いね」

子供たちを連れて帰ってくるのだから少しは片付けてほしかった。子供たちは三上家にまだ慣れず落ち着かない様子でしっかりと手を繫いで奇世にくっついている。

「お前たち帰ってきたか！」

一吉が大きな声を出すと、子供たちはびっくりしてすっかり一吉を怖がってしまった。「こっち来い」と城を抱っこしようとしたら城は嫌がってわんわん泣いた。奇世にしがみついてくる。

「お父さんが大きい声出すで、子供たちがびっくりしたんだわ。ねえ」

サチ子が未来の顔を覗いたが、未来も口を一文字にしている。あまり帰省していないせいで、奇世の両親に懐かない子供たちだった。

「もうちょっとしたら子供たちも慣れてくると思う」

櫻子が下りてくると、馴染みのある遊び相手を見つけた子供たちはすこし安心したようだった。名古屋の家にもたまに遊びに来てくれる櫻子のことが子供たちは好きなのだ。豊田の町の景色は奇世を懐かしい気持ちにさせた。駅前にそびえ立つ「そごう」は町のシンボルとして君臨していて、自分がこの町で生まれ育ったことを実感させる。家が落ち着かなくても、見馴れた町はやっぱり心地いい。奈緒美とも随分会っていないので、この帰省中に連絡をしようと思っている。夜はサチ子が隣の鮨屋《すし》で出前をとった。

「隆くんの店はどうだ」

「順調順調。働きすぎだけどね、体調が心配」

「男は死にものぐるいで働くもんだ」

一吉はほとんどの鮨をたいらげようとしている。

隆が帰宅した頃に奇世は電話をかけた。

「みんな元気だったか？」

「お父さんもお母さんも相変わらず元気。子供たちが人見知りしちゃって、お父さんが城を抱っこしようとしたらぎゃんぎゃん泣いて大変だった」

「そうかそうか」

「どう？　体調は？　薬飲んだ？」

「おう、でも今朝よりも良くないいんだわ。体がどえらい疲れとる。体が怠《だる》いんだわ」

「やっぱり心配だし明日戻ろうかな」

「いや、ええて。大丈夫だで。熱っぽいし今日はもう寝るわ」

「風邪薬ちゃんと飲んでよ」

いつになく隆の声は落ち着いている。

「お前、俺がこれからどっかに飲みに行くと思っとるだろう」

隆が奇世をからかうように言った。奇世は笑って、

「そうだねえ、電話切ったらすぐ飲みに行くでしょう」

二人は笑った。

「いかんいかん、今日はもう疲れたで寝る」

「隆ちゃんおやすみ」

「なあ奇世」

やっぱり、隆の声が好きだと思う。

「どうしたの？」

「奇世は、俺と結婚して幸せだったかやあ」

隆がぽつりとつぶやくように言った。

「何言っとんの」

どうして突然そんなことを言ったのかはわからない。ただ奇世は言われた言葉に対して、

「隆ちゃんと結婚して幸せだよ」とは言えなかった。

「じゃあ、おやすみな」

「うん、おやすみ」

電話を切っても、しばらく奇世の胸は騒がしかった。

# 第五章

# かがやく夜空の星よ

翌日の11時頃に三上家の電話がけたたましく鳴った。ゴールデンウィークで三上家は皆在宅で、朝昼兼用の食事をしているところだった。櫻子はまだ起きてきていない。

「もしもし三上です」

電話をとったのは奇世だった。

「奇世ちゃん……隆が……隆が……あああ……」

利の声だ。隆の名前を言うだけで、何を言っているのかわからない。奇世は瞬時に電話の向こうの状況を察した。そして、利と同じように激しく取り乱した。

「どうしよう！　隆ちゃんが！　電話！　誰か！　代わって！」

錯乱した奇世は家にいた誰かに電話を渡した。誰が電話を受け取ったのかは記憶にない。気が付くと一吉が電話を代わり「大丈夫ですか！　隆くんがどうしたんですか！」と大きな声で聞いている。奇世は独り言のように「どうしよう！　どうしよう！　行かんと！」と叫びながら無意識のうちに子供たちのブランケットやオムツセットを次々に大きな鞄に入れている。子供たちは急に慌ただしくなったことに驚いて呆然と眺めている。サチ子が助けを求めるように、幸夫婦の居間に走っていった。櫻子が物々しい様子を察知して居間に下りてきた。

「どうしただ！」

幸が足音を響かせて奇世たちのもとへ飛んできた。妻の亜紀はすぐに奇世のそばへ近づき肩を抱いた。奇世は息を荒らげて、「早く行かな！　名古屋に帰らんと！」と叫んだ。櫻子も
「なんで⁉　隆ちゃんが⁉」と目を見開いて尋ねる。

「もう息しとらんて」

「なんで急にそんなことに」

三上家の人たちの声を脳天に響かせながら、奇世は子供たちを連れて大急ぎで名古屋に戻ることになった。幸が車を出して乗せていくことになった。子供たちは慌てふためく奇世をただ不思議そうに見ている。未来は「ねえどうしたの？」と聞いてきたが「後でね」と言うことしか奇世にはできない。ゴールデンウィークのせいで、高速は大渋滞していた。連なった車は全く動く気配がない。

「くそ、でら混んどる」

幸はピリピリしている。奇世は体の震えが止まらないまま泣いている。早く、行きたいのに。早く、早く。

「おい奇世。名古屋のおとうさんからあの電話があったってことは覚悟しとけよ」

昨日電話で隆と話したことを奇世は思い出していた。隆は体が怠くて熱っぽいと言っていた。

昨日は最後に隆が言った言葉がずっと頭にひっかかったまま眠った。12、13時間前に隆の声を聞いていたのに。その隆が一体どうしてしまったのか。帰省する車、どこかへ遊びに出掛ける車、家族連れ、カップル、友達連れ、高速道路を走る車の中で自分たちほどの悲劇に直面している者は間違いなくいないだろう。なんであたしたちなのか。なぜ隆がこんなことになってしまったのか。普段1時間の名古屋までの道のりが、結局3時間かかってしまった。

そこはもう既に奇世が知っている藤岡家ではなかった。静まり返って不穏な空気を漂わせている。奇世は隆の姿を探した。昨日電話で話したじゃん。どこにおるの隆ちゃん。居間から見える仏壇の前に布団が敷かれ、隆が横たわっている。奇世は全身が凍り付いた。嫌だ。見たくない。隆ちゃんがなんで死なないかんの。立ち尽くす奇世を見て、

「あんたがしっかりせな、どうするの？」

と絹代に怒られた。絹代の目は真っ赤に血走っていた。その目つきは藤岡家の不幸を象徴しているようで恐ろしかった。

「ほら、隆の顔、見たって」

絹代が隆のところに誘導した。奇世は怖くて怖くてたまらなかった。隆の顔を見てしまえば、すべてを認めなくてはいけなくなる。いやだ。怖い。苦しい。絹代に背中を押されて奇世は隆の顔をゆっくり覗き込んだ。眠るように目を閉じ薄い唇を真一文字に結んだ隆がいた。死んで

いるようにはとても見えなかった。もしかして、おちょけるのが好きな隆だから「嘘に決まっとるだろう」と言ってぬくっと起きてきて、笑い飛ばして全部冗談にするのかもしれない。そう思われるくらい隆はまだ生きているみたいだった。手の震えが止まらなかった。「触ったりゃあ」と絹代が言ったので、手を伸ばし隆の顔に触れた。尋常じゃないほど手が震えていて自分のものではないみたいだ。なんとか触れた隆は冷たかった。もう、絶対に隆が起きてくることはない。奇世は呼吸を不安定にして泣いた。

隆を最初に発見したのは絹代だった。隆がなかなか起きてこなかったため、絹代が離れに様子を見に行った。すると、布団の中の隆はもう息をしていなかった。布団が乱れた形跡は一切なく、とても綺麗に布団をかぶり仰向《あおむ》けになって眠るように死んでいた。急性心不全だった。34歳、男盛り。隆は死んでしまった。

ほんとうに死んでしまったのだろうか。突然に心臓がぴたりと止まってしまうことがあるのだろうか。どうして隆が。よりによってどうして隆が死ななくてはいけないのか。この日はさらに絹代の誕生日だった。自分の誕生日に息子を失うなんていう悲劇があっていいのだろうか。利は厳しい顔で涙をこらえている。

藤岡家の皆が混乱していた。どうして藤岡家にこんな悲劇が起こらなくてはいけないのか。弟の亮司《りょうじ》も目を真っ赤にして利に寄り添っている。近所に住む利の弟夫婦たちが、ばたばたと準備を手伝っている。

「奇世ちゃん、気を確かにね」と何度も言われた。

翌日行われた通夜にはゴールデンウィークにもかかわらず大勢の人が来た。誰もが隆の突然の死に驚き、呆然とし、悲しんだ。隆の親友の安西は誰よりも早く通夜に現れ隅のほうでいつまでも悔しそうに泣いている。夜通しここにいるつもりだろう。それから家の外でスポーツカーの大きなエンジン音が聞こえたかと思うとヨッちゃんが大きな足音を立てて現れた。ヨッちゃんは棺に横たわる隆を思いっきり揺さぶって「おい！　隆！　起きろ！　起きろよ！」と泣きじゃくりながら叫び、その大声は家中に鳴り響いた。その光景に通夜に来た皆が涙した。

通夜の夜中、線香とロウソクの火は絶やされることなく、不穏な香りと幻想のような光に家中が支配されている。隆の魂が、今はまだここにあるように奇世は感じる。まだ隆は遠くに行っていない。まだあたしたちの近くにいる、そう思うのだった。もうひとりの自分が今もなお、遠くから見ている気がする。隆との間に起こった悲劇をもうひとりの自分に遠くから観察されているように感じる。

「奇世ちゃん、ちょこっとでいいで子供たちと一緒に休みゃあ」

隆のそばにいつまでも張り付いていると、利に声をかけられた。未来と城は疲れ果てて客間で眠っている。子供たちの横に奇世は腰掛けた。無垢な子供たちの寝顔を見て奇世は自分たちの行く末を憂える。未来は4歳、城はまだ3歳だ。父親が死んでしまったことを理解できていない子供たちがあまりにも不憫だった。葬儀では奇世が喪主を務める。体も心もまるでそこにない感覚の中、喪主という大役を果たせば隆が褒めてくれるはず、奇世はそんなことを思った。妻の自分がしっかりと喪主を務めて、隆をちゃんと天国に行かせてあげたい。そんな気持ちに変わっていた。

「奇世ちゃん、奈緒美ちゃんが来てくれたぞ」

利の声が聞こえたと思ったら目の前に奈緒美が立っていた。奈緒美は悔しさを押し殺したような顔をしている。

何か言わなくてはいけない。

そう思った奇世が口を動かそうとすると、

「何も言わんでいいで」

低い声で言うと奈緒美は座り込んでいる奇世の隣に寄り添い、背中をさすった。二人はしばらくそうしていた。奇世は歯を食いしばって涙をこらえ、奈緒美がただそばにいてくれるだけで心がいくらか落ち着いた。ただ深く、ゆっくり呼吸をしていた。奈緒美は泣いていた。とても悔しそうな顔をして。奈緒美が泣くのを見たのは奇世にとって初めてのことだった。

葬式には四百人も集まった。利は悲しみをこらえて口を固く結んでいる。絹代は通夜までの気丈な振る舞いから一変して明らかに気を落としている。お坊さんがお経を読む声が家中に響いて、葬儀の当事者になったことを自覚させられる。参列者たちが奇世や利、絹代にお悔やみの言葉をかけ、何度も頭を下げた。しかし参列者の言葉も奇世たちには聞こえない。号泣する参列者たちに何度も肩を叩かれたり、抱きしめられたりした。

「ちょっと脚押さえて！」

「絹代が！」

「おかしくなってまった！」

錯乱して暴れる絹代の両腕を三人がかりで摑まえている。

「隆……隆！　行かんといて！」

錯乱状態で泣きわめいている。目は焦点がまるで合っていない。利は突然の絹代の錯乱に呆然としている。

「離れに連れてくで、奇世ちゃんたちはこっちにおって」

藤岡家のおばさんとおじさんに絹代は介抱された。すぐにおさまったようだが、明らかに様子がおかしくなった絹代のそばには必ず誰かが付き添う必要があった。

「奇世、大丈夫か」

一吉が声をかけた。憔悴《しょうすい》した顔で一吉を見上げた。こんなにやさしい目をした父を見たのは初めてかもしれない。三上家の人間は一ヶ所に集まり奇世たちを見守り、櫻子はずっと泣いている。

「うん。大丈夫」

「ほうか」

「子供たちの様子見とってね」

「絹代さんは大丈夫かね」

サチ子が心配そうに尋ねる。

「今は落ち着いたっておばさんたちが言っとったけど、心配。でもおばさんたちがちゃんと付き添ってくれとるみたいだから」

子供たちは大勢の人たちが次から次へと来ることが嬉しいようで、家の中をゲラゲラ笑いながら走り回ったりしている。隆が死んだことがわからないではしゃぐ未来と城の姿を見て、皆が泣いた。その死を理解できないほど幼くして父を亡くした子供たち。奇世がしゃがみ込んで未来と城を自分の胸に引き寄せた。

「未来、城、一回みんなでぎゅーってしよっか」

そう言うと三人は体を寄せ合った。子供たちは「ぎゅー」と言いながら笑っている。奇世はできるだけ強く子供たちを抱きしめた。自分の胸の中にしっかりとつつみ込むようにして。

「あのね、まだ二人にはわからんかもしれないけどね、パパはね、これからお空のお星様になるの」

城が「おほしさま」と真似をして、未来は大きな目で奇世を見ている。

「もう会えなくなるからね、ママと一緒にパパにバイバイ言いに行こっか」

奇世は涙を必死にこらえた。泣いてはいけない。奇世は未来と城と棺の隆のところまで来た。子供たちは大人しく奇世の言うことを聞いている。奇世は子供たちに一輪ずつ白い菊の花を渡した。

「このお花をパパにどうぞって、あげて」

未来が隆の顔の横に花を置くと、城もその真似をして同じところに置いた。最後に奇世が花を一輪たむけた。子供たちと反対側の隆の頬に一番近いところに置いた。奇世が泣いていたせいかそれにつられて未来と城も泣いているではないか。隆の死を全くわかっていないはずなのに、二人は奇世と同じように静かに泣いた。奇世は未来と城をそのまま抱き寄せた。しばらくそうしたまま動くことができなかった。隆のそばをいつまでも離れたくなかった。

「じゃあ、最後にパパにありがとう、だいすきって言おっか」

奇世がそう言うと、子供たちは一斉に「パパだいすき」「ありがとう」と繰り返した。そんな子供たちの姿を見て奇世は涙が止まらなくなった。

奇世は棺の中の隆に「隆ちゃん、愛してるよ。これからも、ずっと、愛しとるでね」と囁くような小さな声で伝えた。離れたくなかった。このままずっとここにいてほしかった。そっと唇を重ねた。冷たくて悲しくて、自分の唇の温かさに奇世は自分が今生きていることを感じた。

棺は蓋《ふた》をされた。もう二度と隆の姿を見ることができないと思うと涙が止まらない。苦しくて前が見えない。喪主の奇世から順に棺に釘打ちをしたが、手が震えてうまく打てずに釘は曲がった。利、絹代、亮司が釘を打って、これで永遠にお別れになってしまうと皆が悟った。名残惜しくて、このまま棺ごと隆が燃えてしまうことなど奇世は考えたくなかった。

　奇世は両脇を藤岡家のおばさんたちに支えられて、位牌《いはい》を手に喪主として参列者たちに挨拶をした。遺影は利が持っている。絹代もなんとか支えられ、うなだれながら立っている。

「本日は、私の夫であり、藤岡家の長男、隆の葬儀に参列くださり誠にありがとうございました。愛する夫の突然の死に家族皆、まだ信じられずにいます。隆は忙しく駆け抜けてきました。自分の宝石店を持つという夢を叶え、少々生き急いでしまったのかもしれません。隆は藤岡家の光でした。私たち家族を愛する素晴らしい夫であり素晴らしい父でした。隆が残してくれた子供たちを、隆との愛の証をこれからしっかり育てていきます。皆さんどうか、お力添えをよろしくお願いいたします。隆を愛してくださってほんとうにありがとうございました」

　参列者のすすり泣く声が聞こえる。奇世は震える手を隠し、膝から崩れ落ちそうになるのをぐっと力を込めて立ち、声が上ずりそうになるのを腹に力を入れて誤魔化《ごまか》した。強くなきゃいかん。あたしがしっかりせな。奇世は昨夜、子供たちの寝顔を見ながら誓ったのだ。

　火葬場までの道のりはずっと息苦しく、まだ夢でも見ているかのように感じた。でもこれが現実であることはわかっている。これから隆が燃やされ、骨だけになってしまうことはどうしても嫌だった。まだここに、自分のすぐ近くに存在としてあるのに、燃えてなくなってしまうことが耐えられなかった。隆を燃やすということは永遠の別れを意味しているように思えた。遺族が待合室に通され、隆の棺が持っていかれた時は胸が張り裂ける思いだった。隆が離れていく。三上家の一吉、サチ子、櫻子、幸、妻の亜紀も一緒で、皆が黙ってこの悲劇をなんとか受け止めようとしている。ひんやりとした待合室でついに訪れてしまう時を待っているのは拷《ごう》問《もん》でしかなかった。隆ちゃんが、あたしが、あたしたちが、一体何をしたというのだろうか。どんな悪事をはたらいたらこんな仕打ちが待っているのだろうか。

「ご遺族の皆さま、火葬炉にご案内いたします」

まるで機械に喋らされているような口調の女の担当者に案内されて奇世たちは火葬炉に向かった。皆の重苦しい足音が悲しく響いた。吹きさらしの火葬炉はむさ苦しかった。隆の棺が目に飛び込んできた時、奇世はぎゅっと未来の手を握った。城はおしゃぶりをくわえ櫻子に抱かれている。

「これで最後のお別れになります」

そう言われると、絹代は声をあげて泣いた。それは絶叫に近い声だった。利が絹代を支えながら「しっかりせな」と囁いている。奇世はこのまま自分の心臓が止まってしまえばいいのに、と愚かなことを考えた。けれど何も理解できていない子供たちを見て、自分がしっかりしなくては隆が天国にさえ行けないじゃないかと自分自身を奮い立たせた。涙が溢れて止まらなかった。パンパンに腫れ上がった瞼《まぶた》をこじ開けるように泣いても泣いても涙は溢れる。「最後のお別れをしてください」と言われると、利が「隆、ありがとうな」と声をかけた。それをきっかけに皆が隆に声をかけた。「隆ちゃんさようなら」「天国で待っとってね」と。奇世は隆と子供たちと四人で撮った写真や、利と絹代の写真を隆の顎下の首のところに置いていた。

「隆ちゃんありがとう。天国で待っとってね。あたし、子供たちと三人で絶対に頑張るでね。見守っとってね」

そう伝えるしかなかった。それは実際に声になっていたかもしれないし、なっていなかったかもしれない。隆の棺がガラガラと音を立てて、火葬の釜の中へ吸い込まれていった。重い鉄の扉が閉められると担当者は合掌《がっしょう》して頭を下げた。あっという間の最期だった。

待合室に戻り、隆が骨になるのを待った。未来と城は眠っている。1時間ほど経ち、また担当者に案内されて重い鉄の扉が開けられると、隆の顔、姿が、跡形もなくなっていた。あったはずの場所のどこにも隆はいなかった。ただ白い骨だけが燃え尽きることなくしっかり残り、虚しくそこに転がっている。奇世は隆が可哀想でたまらなかった。まだまだやりたいことがたくさんあっただろうにと。子供たちはこれから成長し、会話もできるようになっていく。その過程を隆と親として見守っていきたかった。子供たちの成長をもう隆と分かち合えない。だとすればあたしはどうやって母としての日々を送り、困難があった時にはどのようにして乗り越えていけばいいのだろうか。隆は、幸せだっただろうか。最後の隆の質問をそっくりそのまま隆に聞き返したい。

「幸せだったに決まっとるだろう！」

隆はそう言ってくれるだろうか。奇世は空を見上げた。隆は煙になって空高く飛んでいった。今、目の前に悲しく残った隆の骨をひとつ残らずたいせつに家に持って帰るのだ。いつも隆がそばにいて自分たちのことを見守ってくれると願って。


昔からの風習で、晩勤めという法事のようなものが葬儀から一週間続いた。奇世はもう悲しんでいる暇などなかった。残された子供たちとどう暮らしていけばいいのか、現実的に考えなくてはいけないことがたくさんあった。隆の店もどうすればいいのだろう、自分ひとりで継げるわけがない。手放すしかないということは決めていた。どのような手順で手続きを踏んでいくのか、何もわからない。戸籍はどうなるのだろうか。隆は藤岡家の戸籍から消えてしまうのか。晩勤めの期間中に、奇世は30歳の誕生日を迎えた。利と絹代は奇世の誕生日をすっかり忘れてしまっているようだが櫻子が、

「お姉ちゃん誕生日おめでとう。こんな時にあれかもしれんけど、ケーキ買ってきた」

と、ケーキの箱を差し出した。櫻子のやさしさが身にしみて涙が出た。離れで子供たちと櫻子とケーキを食べた。子供たちは真っ白なケーキをとても嬉しそうに食べた。晩勤めの間も藤岡家は暗黒の時間に包まれた。奇世も利も絹代も夢と現《うつつ》の境目がまるでなくなってしまったかのような、自分たちの生活を別の自分が傍観しているような感覚でいる。絹代の本格的な異変

に最初に気づいたのは奇世だった。たいして暑くない場所でも異常に汗をかくようになり、朝起きてくることができなくなった。

「お義母さん体調悪い？　大丈夫？」

奇世が聞くと、うつろな瞳を伏し目がちにして、

「生きとるのがつらい」

と言った。奇世は涙をぐっとこらえた。

「死にたいわあ。死んで早く隆のところへ行きたい」

思わず小さな絹代を抱きしめた。死んじゃいかん、絹代を支えなくてはいけない。自分が産んだ子供が自分よりも早く死んでしまったのだ。それが母親にとってどれほどつらく耐え難いことなのか奇世には痛いほどわかる。このままでは絹代はおかしくなってしまう。

「お義母さん相当応えとる。変なこと考えとるからちゃんと見とってあげないかんと思う」

奇世が利に助けを求めると、利はすぐに絹代を総合病院に連れていった。突然に息子を亡くしたことと、更年期の症状が重なり絹代は鬱《うつ》状態に陥っていると診断された。とにかく家族が絹代の行動に目を光らせているようにと指導された。利は藤岡家の主《あるじ》として懸命に悲劇に耐え、ただをこねたり何かと世話の焼ける小さな子供二人をお風呂に入れてくれたり、未来の髪を乾かしてくれたり一生懸命に世話をしてくれている。息子に先立たれ、妻が鬱状態になっても健気に働く利を見て、奇世は申し訳ない気持ちでいっぱいだった。年老いた義父に骨の折れるこ

とをさせるのは見ていてつらい。それなのに利は文句ひとつ言わずに家の掃除も毎日しっかりして、耐えている。すっかり具合が悪い絹代は一日中横になっている。亮司が毎日のように絹代の様子を見に来た。


「ママー、パパってお星様になったんだよねぇ」

未来が尋ねる。未来は仏壇の部屋の長押《なげし》に飾られた隆の遺影を見上げている。

「じゃあパパの横におるおばあちゃんとおじいちゃんもお星様なの？」

隆の遺影はおじいさんとするゑおばあちゃんの横に並んでいる。

「そうだよ。みーんなお空のお星様になって、ミーちゃんたちを見守ってくれとるの。だからありがとうございますって、毎日手を合わせないかんのだよ」

「毎日なんまんだーぶするの？」

「そう。手のひらを合わせて、パパ見守っとってね、ありがとう、って心の中で話しかけるの」

「こころのなかで」

「ちゃんと心の中にパパは生きとるんだよ」

「こころってどこ？」

奇世は未来の手をとって心臓のあたりに当てた。

「ほらドクドクっていっとるのわかる？　ここに心があるの」

未来は心に両手をあてて、

「こころのなかで」

とつぶやいた。


奇世は未来と城を連れて豊田の三上家に戻った。隆と暮らした名古屋の離れの家から持って出た荷物は、隆が生前に買ってくれた赤いＢＭＷにつめ込めるくらいの洋服、靴、バッグというまるで小旅行にでも行くような少なさだった。奇世はあまりにも身軽だった。子供二人の人生をひとりで背負うとてつもない重さをずっしりと感じるのに、このまま三人でどこか遠くまで飛んでいけそうなほど身軽だったのだ。隆と夫婦として過ごしたたった四年半は泡のように突然消えてしまった。住んでいた離れに家具はそのままにしてある。いつでも隆といた場所に戻れるように。

この町は、この実家はもう自分の居場所ではなくなったはずなのに出戻ってきてしまった。その事実は奇世をうんざりさせた。なんであたしが。なんでこの子たちがこんな目に遭わなくてはいけないのか。しかしその反面、隆と暮らした名古屋を離れ生まれ育った豊田に戻ってきたことで、ここから本当に新しい生活を始めなくてはならないと意識した。子供たちを守っていかなくてはいけない。子供たちは隆が死んだことを完全には理解していない。ただ〝いなくなってしまった〟ことは感じている。その事実があまりにも可哀想で、だからこそ子供たちの前で悲しい顔をしてはいけないと奇世は固く誓うのだった。しっかり育てなくてはいけない。隆が灰になってしまう最後の別れの時、奇世は隆に誓ったのだ。

小さな町である。奇世が夫を亡くし実家に子供二人を連れて出戻ってきたことは町内の人たちは皆知っている。だから奇世は近所の人たちと顔を合わせるのが億劫《おっくう》でたまらない。夫と突然死に別れ、若くして子を二人抱えて実家に出戻ってきた奇世を近所の人たちが哀れむからだ。あたしたちは可哀想じゃない。子供たちのこと、自分のことを哀れに思われることを奇世は一番に嫌った。哀れに思われることを隆は望んでいないはずなのだ。一吉には「いつまでも住んでいいぞ」と言われているが、そのつもりはない。三上家はやっぱり居心地が悪く、もうここは自分たちのいるべき家ではないのだ。数ヶ月だけ世話になろう、なるべく早く子供たちと三人で暮らすアパートを見つけようと奇世は思っている。

サチ子の手料理を食べるのはいつ以来だろうか。相変わらず料理のレパートリーは少ないサチ子だったが、毎日夕方台所に立ち子供たちのために食事を作ってくれて、かしわ、牛蒡《ごぼう》、人参、蒟蒻《こんにゃく》、油あげが入った薄味の炊き込みご飯は子供たちの好物になった。こうしている間にも、子供たちは着実に育っている。自分たちの身にどんな悲劇が起こったのかもわからずに、急に周りを大勢の大人たちに囲まれて楽しそうにしている。その子供たちの横顔を見て、奇世はいつも励まされていた。

「お前もまだ若いだ。他にええ人だって見つけることはできるんだぞ」一吉は奇世を心配して言う。だけどそんな言葉を奇世はちっとも欲していない。無表情で適当に頷き黙っていると一吉はさらにまくしたてる。

「いつかは再婚したほうがええぞ」

こんなに隆を恋しく想っているのに。あたしは隆以外の男を愛することはないのだ。これからの未来、絶対にないのだ。

「あたしには隆ちゃんしかおらんの」

ものすごい剣幕で奇世は言い返していた。


随分先のことだが、奇世は将来的に子供たちを私立の中学に通わせたいと思っている。自分の母校である園山中学校には絶対に通わせたくない。奇世が中学生だったのはもうかれこれ十五年以上前のことだが、あの頃の中学はとんでもなく荒れていた。あの時代は今思うと信じられないほど、不良たちがまるで世界の中心かのように暴れ放題暴れていた時代だった。奇世だって立派な不良少女だったのだ。大人を憎み、大人の真似事のようなことばかりしていた。恥ずかしい過去だ。自分のようにはなってほしくない。そのためにはできる限り教育に良い環境を与えてやるのが親の責任だと思う。

隆の店を閉めるための手続きや処理の仕事はまだ大量に残っていて、もうしばらく時間がかかりそうだった。日中子供たちをサチ子に預けて奇世は豊田から岐阜の隆の店まで電車で通った。豊田市駅から赤い名鉄電車に乗って、知立駅で特急に乗り換えた。見馴れない資料に目を通したり、判子を押したり、会う人会う人に「お気の毒に」と言われたり、慣れない仕事で奇世は精一杯だった。へとへとになった帰り道、奇世は電車の中から町の灯りを見ていた。腕時計に目をやると夕方の6時だった。丁度今頃はどの家も、夕飯を家族で食べている時間だろうか。これだけの灯りが灯る家がある中で、ほんとうに幸せな家庭は一体どれくらいあるのだろう。ここでは子供たちの騒ぎ声も、「ママー」と呼ぶ声も聞こえない。たったひとりの静かで穏やかな時間。こんなことを考えられるなんて、まだ自分自身に心の余裕すら感じるのはなぜだろう。奇世は深呼吸をした。幸せが逃げていかないように決して溜め息はつかないと決めている。自分の人生はもう自分だけのものではない。でもあたしはこれから一体どうすればいいのだろう。子供たちをほんとうに自分ひとりで幸せにできるのだろうか。ほんとうは思い切り泣きたい。もっともっと誰かにやさしくしてもらいたい、そう心が叫んでいた。

改札を出て家に近づくにつれて奇世の足は速まる。早く子供たちに会いたかった。早くこの手で思いっきり抱きしめてあげたかった。離れていても愛しくてたまらない。奇世にとって子供たちは唯一の生きる希望だった。へとへとに疲れているのに子供たちに会えるというだけで不思議と力がわいてくる。三上家の灯りが見えると、奇世は自然と微笑みながら急いで玄関の扉を開けた。

「ただいま！　遅くなってごめんね！」

急いで居間に駆け込むと城が大きな声で泣き叫んでいる。

「あんたいつまで仕事しとるの。子供たちが可哀想でしょうが」

城を抱っこしたサチ子に感情を殺した声でいきなりなじられた。泣き止まない城にお手上げ状態である。サチ子の視線が奇世を傷つける。

「帰ってきていきなりその言葉はないでしょう！　あたしだって必死なんだわ！」

頭に血が上って思いのまま言葉を放つと、サチ子から城を奪い未来の手を引いて二階にあがってもらっている部屋に駆け込んだ。

必死に頑張っとるのにどうしてそんなこと言われないかんの！　子供たちのために一生懸命やっとるのに！

泣き疲れて奇世の腕の中で眠る城を見つめて、奇世は涙をこぼした。一度こぼれると、涙は後から後からわいてくる。

悔しい。どうしてあたしたちがこんな目に遭わないかんの。どうして。隆に会いたい。隆に強く抱きしめてもらいたい。

未来は奇世を心配そうに見つめて「ママ、だいじょうぶ。いい子いい子」と言って頭を撫でてくれた。奇世は精一杯の力で未来を抱きしめた。

# 第六章

# 女神の幸福

「ママ、生理が来た」

未来が少し恥ずかしそうに台所にいた奇世に伝えた。奇世は自分の初潮の時のことを思い出した。未来はまだ10歳なのに、早い初潮である。

「おめでとうだね。今日はお赤飯食べようね」

生憎《あいにく》赤飯を手作りすることはできなかったので、近所の和菓子屋で買ってきた。あんなに小さかった未来はいつのまにか背がぐんぐん伸び、女らしい丸みを帯びた体形になった。月日の流れは目まぐるしかった。


未来は小学校から家に帰る前に、学校のすぐ近くにある一吉とサチ子たちが住む奇世の実家にたびたび寄るようになった。豊田に出戻ってきたばかりの幼い頃は、大きな声で乱暴な一吉のことを怖がり、無表情で感情を表に出さないサチ子になかなか心を開かなかった。だから、三上家にはあまり寄り付かなかったのに、たまたま奇世が三上家に顔を出しに来ていて未来は重いランドセルを置いて近所の駄菓子屋に行くことができ、学校から遠い家に奇世の運転で帰れた日があってから、よく三上家に寄るようになったのだった。一吉はロータリークラブの会合に出ていたりして家にいないこともあったが、趣味が多いサチ子はホームベーカリーにはまっており、未来の下校時間に合わせて食パンを焼いてくれた。

未来はそれまで奇世と顔も性格も全く似ていないサチ子とどのように接したらいいかわからなかったが、パンを焼いてくれていたり未来が好きだと言ったお菓子を買っておいてくれたりしたことで、意外とやさしいところがあると感じすっかり心を開いていた。自分に対しても城に対してもサチ子はあまり関心を持っていないと思っていたが、何かとやさしくしてくれるサチ子のことを未来はいつのまにか好きになっていた。相変わらず無口なサチ子との間にあまり会話はないが、思春期の未来にとって、空気のような存在のサチ子といるのは気が楽だった。

「ミーちゃん学級委員やっとるんだって？」

急にサチ子から話しかけられて未来は内心驚いていた。

「そうだよ」

「ミーちゃんは賢くてばあちゃん自慢だわ。奇世ちゃんもね、賢い頭脳は一吉さんから受け継いどったはずなんだけど、勉強があんまり好きじゃなかったんだわ」

「ママってどんな小学生だった？」

サチ子は細い目をさらに細めて遠くを見た。

「どえらい大人っぽい小学生だったねえ。櫻子の面倒をようけみてくれたわ。大人みたいな子供だったわ。ミーちゃんによう似とる」

奇世に、今の自分と同じ小学生の時代があったことがどうしてもうまく想像できない。未来は初めて奇世の子供時代の話をサチ子から聞いた。奇世の子供時代を思い出しているサチ子を見て未来は嬉しかった。サチ子と二人きりになっても未来は全然心がそわそわしなくなった。

「ミーちゃん、奇世ちゃんを助けたってね」

抑揚のないサチ子の小さな声は、未来の心の中にすっと溶け込んだ。


日曜は城の少年野球の試合で、奇世は城に付き添って出掛けるため、未来は朝から夜までひとりで留守番をしなければならない。中学受験の勉強で机に向かう時間が増えると、未来は自分の世界に閉じこもることを好むようになり、受験勉強に疲れると別のノートを引っ張り出してそこに詩を書き留めるようになった。幼い頃から本を読むのが好きだった未来は、算数よりも国語が得意で受験勉強で過去問を解いても国語の成績が特によかった。未来は心の中に秘めた思いをノートに吐き出すことが癒しになっている。ちょうど学校で、「あなたたちの年齢はまさに今思春期の真っ只中なのです」と教えられてから、自分のこの独りよがりな思いと真正面から向き合うようになった。

奇世とあまり話したくないと思うのも、誰もわたしのことなんてわかるわけがないと思うのも、大人なんか大嫌いだと思うのも、思春期のせいなのか。そんな単純な言葉で説明できる感覚ではないと未来は思う。未来は小学校の教室にいても、同級生たちといても上の空なところがあった。それでも、うまくその場を取り繕って友達に合わせることができる器用さは持ち合わせていた。誰もこの気持ちはわかるわけがないから話したってしょうがない。奇世も学校の友達も、まさか未来がそんな風に自分を取り巻く人たちとの間に違和感を持っていることなど知る由もなかった。未来はノートに思いを綴《つづ》り続けた。

『時間』

どうして時間があるのだろう。わたしたちは時間に支配されている。時はただ過ぎ去って行くもので、一体それをどうしてわたしたちはつねに意識をして生きる必要があるのか。わたしは時間になど支配されたくはない。誰もわたしを操れない。

『儚い』

わたしはすぐに消えてなくなっちゃうものがすき。たとえばアイスとか。溶けてなくなっちゃうのもいい。どうせ消えるならあとかたもなくなっちゃったほうがいい。だってわたしたちは儚いの。こんなにも儚いの。

豊田に戻ってきてからずっと、奇世たちは週末に名古屋の利と絹代に会いに行っていたのだが、未来の中学受験の勉強が始まってから会いに行けない日もあった。泊まりに行くと利と絹代はとても喜んでくれたし、子供たちもそんな週末を楽しみにしていた。隆が亡くなっても、義父母との関係は奇世にとってはかけがえのないものだった。運動会にも、学芸会にも利と絹代だけは必ず来てくれる。そのやさしさを思うだけで奇世は目頭が熱くなる。

そして子供たちは加世のところに行くこともいつも楽しみにしていた。加世の喫茶店でクリームソーダを飲んで焼きそばを食べるのがひとつのイベントのようになっている。「三鈴」の重い木の扉を開けると、カランカランという懐かしい音が鳴る。

「かーちゃん来たよ！」

奇世は子供たちに加世のことを「かーちゃん」と呼ばせた。加世と交流があることを三上家の人たちに隠さなくてはいけないからだ。子供たちが口を滑らせて三上家の人たちの前で、加世の名前を出してしまった時のことを考えて加世という名前であることは教えていないし、おばあちゃんと呼ばせることもできなかった。しかし子供たちにとって加世は「おばあちゃん」で、加世も「おばあちゃん」と呼ばれたいに決まっている。だから奇世は、「ばーちゃん」という響きに似ている「かーちゃん」と加世のことを呼ぶように子供たちに教えた。加世がおばあちゃんであるということは、子供たちが小学生になった時に伝えた。

「かーちゃんが何か作ったるでね。何が食べたいの？」

「おれ焼きそば」

「目玉焼きは？」

「のっけるー」

加世の焼きそばは細めの麺にウスターソースがしっかりからまり、半熟の目玉焼きをのせ紅生姜と鰹節と細く切った海苔をふりかける。

「ミーちゃんは？」

「わたしはナポリタン」

「あたしもナポリタン食べたい」

ケチャップと砂糖だけで味付けされた太いパスタ麺には、赤いウインナーと玉ねぎとピーマンが入っている。楕円形の鉄板に牛乳で溶いた卵がスクランブルして敷かれ、その黄色の上に赤いナポリタンが盛りつけられる。子供たちに好評なこの名古屋風のナポリタンなど加世の味は、奇世も家で真似するほどだった。暗くなる前に帰っていく奇世たちの姿をいつまでも加世は見つめていた。


その夜、眠っていた城がむくっと起き泣き出した。その泣き方といったら尋常ではなく、未来もそのあまりの激しさに目を覚ました。城は時々怖い夢を見て、夜中に泣くことがあった。親子三人は布団を敷いて川の字になって眠っている。真ん中に奇世、その右側に城が、左側に未来が眠る。子供たちが寝静まった頃、晩酌をしながらドラマを観るというのが奇世の癒しの時だった。奇世は城のもとに駆け寄った。

「どうしたの、城？　大丈夫、大丈夫」

城は激しく泣いている。

「どうしたの。そんなに泣かんでも大丈夫だから。また怖い夢見たの？」

「うっ、うっ、な、なんでうちにはパパがおらんの！」

泣き叫ぶように城が大きな声を放った。その言葉は一瞬にして奇世を傷つけた。

「なんでうちはお母さんしかおらんの！」

また城が泣き叫んだ。未来はただただこの状況に驚いて固まっている。

すると奇世は、ついに何かが壊れたかのように怒り狂った。

「あんたねえ！　なんでそういうこと言うの！」

泣きながらわめきながら怒りながら、城を素手で何度も何度も叩き始めた。その光景に未来は布団から起き上がって「やめて！」と制止したが奇世の怒りはなかなかおさまらなかった。奇世は号泣していた。こんなに泣いている母を見たのは子供たちも初めてだった。怖かった。ただ、城も言ってはいけないことを口にしてしまったことはわかっていた。あんなことは絶対に言ってはいけなかった。「ごめんなさい！　お母さんごめんなさい！」と懇願するように叫んでいる。

奇世は子供たちの母親であり、父親でなくてもいけないと思っていた。母としての強さとやさしさと、父としての威厳のどちらも持たなくてはいけないと思っていた。父親がいなくても絶対に寂しい思いをさせないように努めてきたつもりだった。幼稚園の父親参観日には、若いお父さんたちに交じって利に参加してもらった。父親がいないのだから仕方ない。男の子の城を肩車してあげられないのも気の毒に思っていたし、城が少年野球を始めてからはキャッチボールをしてやれないことがふがいなかった。

我に返った奇世がやっと落ち着くと、暫《しば》しの沈黙が部屋を覆った。テレビの音だけが部屋に響いている。奇世が強く城を抱きしめた。城は奇世の腕の中で、泣きながら甘えた声で「ごめんなさいー」と言った。

「お母さん、城のことほんとに愛しとるんだからね。絶対お母さんが守るからね。お母さんもごめんね」

城の顔を両手で包みながら見つめた。手で城の涙を拭いた。奇世の顔も涙でぐしゃぐしゃになっていた。奇世は美しい顔で城を見つめると、もう一度強く抱きしめた。座りながら城を抱きしめる形でしばらくそのままでいた。やがて城が寝息を立て始めた。未来もいつのまにか眠っていた。奇世は眠りに落ちた城を布団の上に横にならせて髪を撫でた。汗をかいていた。なんて可愛いのだろう。感情的になった自分を心底恥じた。もっともっとこの子たちを愛さなくては。この子たちに愛を伝えなくては。もっといい母親にならなくては。この子たちを守れるのはあたししかいないのだから。

ねえ、隆ちゃんそうでしょう？　いつもあたしたちのこと見守ってくれとるんでしょう？　隆ちゃんの存在をいつも感じとるのに、隆ちゃんにはもう会えんのだね。なんであたしたちのそばにいてくれんの？　隆ちゃん、会いたい。子供たちを抱きしめてあげて。あたしも隆ちゃんに抱きしめてもらいたい。隆ちゃん、ねえ。隆ちゃん。


翌朝はまるで何もなかったかのようにいつも通り、早朝から城の少年野球の付き添いに出掛けた。まだ外は暗く、寒い。ユニフォームを着た城は奇世が朝から握ったシソ昆布《こんぶ》のおにぎりにかぶりついている。未来はまだぐっすり眠っている。よだれを垂らして眠る未来に、「行ってくるでね」と小さく声をかけて奇世は城を車に乗せた。日曜に未来を家でひとりにさせるのは申し訳なく、未来は文句ひとつ言わないがほんとうは寂しい思いをしているのではないかと思っている。未来は思春期真っ只中であり、すっかり扱いにくくなってしまった。昔から弱音を吐いたり泣いたりしない子なので、苦しい時に苦しいとは言わずに我慢してしまう。受験勉強のストレスを強く感じていても、未来はいつも自分で決めたことは最後までやり遂げてきたのだから、きっと大丈夫だと奇世は信じている。

まだ外が明るくなる前に奇世と城が家を出て暫《しばら》く経つと未来は目を覚ます。学校のない日曜日、たったひとりで起きたい時に起きられる自由が未来にはたまらない。未来はもっと自由になりたいと思う。早くひとり暮らしがしたいと思う。

「自分のことは自分でやりなさい」「早く自立しなさい」と奇世に言われて育ってきた。早く親元から独り立ちしたいと思っているし、自分にはそれができると思う。

テレビをつけると日曜のワイドショーが映し出され、一週間は早いと感じる。何もしていないし、何も起こらないのに、ただ時間だけが過ぎていき、何のために日々がやってくるのか疑問に思った。お昼になると未来は家のすぐ目の前のサークルKに行き、奇世が置いていった千円札で食べたいものを適当に買って食べる。コンビニの食事にいつもこれといってそそられるものはない。最近気に入っているアロエヨーグルト、豚塩カルビ丼とパックのレモンティーを買った。

未来はひとりの日曜日に、受験勉強をしたり、それに飽きたら歌を歌ったり、趣味の絵を描いたり、詩を書いたり、何もしたいことがなくなると寝転がってテレビを観る。そうしていると自分の意思で時間を動かしているような気分になれて、至福の時なのだ。悪いと思いながらも鬱陶しいと思ってしまう母も弟もいない。たったひとりの家がとても落ち着く。

未来は無意識のうちに奇世を鬱陶しく思ってしまうことがあるのに、学校のことや恋愛のことは何でも話すことができた。奇世は話しやすい母で、まるで友達のようなのだ。未来や城の友達は奇世に会うと必ず奇世のことを好きになった。「私のお母さんも未来ちゃんのママみたいなお母さんだったらよかったのに」としょっちゅう言われる。言われるたびに未来は誇らしい気持ちになったし、他所《よそ》の家の母親たちはなんだか堅苦しく、面白くなく、地味で美しくなくて普通のオバさんにしか見えなかった。特に未来は美しくて楽しくていつも笑顔の奇世が自慢だった。それなのにどうしても奇世を鬱陶しく思ってしまう。

「ママ、胸が苦しいのは恋でしょ？」

未来は恋の相談を恥じらうことなく奇世に投げかける。

「今でもパパのことが好きでしょ？」

「もちろん。ママはパパのことだけがずっと好き。パパ以上の人はおらんの」

「知ってるよ」

奇世は未来を見た。

「だってママを見てたらわかるから。パパはいい男だったってずっとわたしたちに言っとったよね」

奇世はふいに目頭が熱くなる。

「ミーちゃんはパパのこと憶えとる？」

「全然憶えとらん。仏壇さんに写真が置いてあるからそれで顔は憶えとる気になっとるけど、写真がなかったら憶えとらんと思う。パパってどんな声だった？」

「結構高い声だった。歌もすごい上手でね。ひょうきんな人だったし、ほんとにパパはいい男だった」

「わたしも裕也《ゆうや》くん以外は考えられんの。こんなに好きなのにどうやったら伝わるんだろう」

未来は深い溜め息をついた。また告白するつもりだという。その勇気と根気といったら大したものだ。奇世は隆のことを想う。隆のことを忘れた日なんて一度もない。


子供たちは成長期の食べ盛りで、奇世が作る濃いめの鰹出汁でのばした冷たいとろろを用意すると、三合炊いたご飯はあっという間になくなった。あんなに小さかった未来は背が伸び胸も膨らみ女らしくなって、母の奇世が見ても大人っぽさを感じてどきっとすることがある。

「ひとりになりたいの」

夕飯を食べ終わるとそう言って未来は部屋から出てこない。未来が受験勉強を始めると集中させるために子供たちにひとり部屋を与えた。未来の考えていることが奇世にはさっぱりわからない。

受験勉強も追い込み段階に入り、未来はぴりぴりしている。寒くなり、大切な受験の時期に風邪をひくわけにはいかないということで塾からマスクを支給され、家庭でも体調管理をしっかりするように指導された。奇世は未来のように真剣に受験勉強をしたことがなかったので今の未来の心情をわかってやることができない。クラスで中学受験をするのは未来ともうひとりだけらしい。未来が恋い焦がれていた裕也は未来が押して押して押しまくった結果、彼も未来のことを好きになったという。しかしお付き合いをするといっても小学生だ。何度かダブルデートをして自然と離れたらしい。それに対して未来はもうあっけらかんとしている。

未来が志望しているのは名古屋の私立中学ではなく、偶然にも隆の宝石店があった岐阜の女子中学校だった。岐阜の山奥にある敬虔《けいけん》なカトリックの中高一貫校である。絶対に合格しなくてはいけないという思いが未来の日々を張り詰めたものにさせていた。真面目で神経質な未来に「ミーちゃんなら絶対に大丈夫なんだで肩の力をすこし抜いたら」とさりげなく言ったら、逆鱗《げきりん》に触れた。大憤慨して、

「ママにはわかんないよ！　失敗するわけにはいかないの。中学の受験勉強はすごい難しいんだから！」

と真っ赤な顔をして言い返し、自分の部屋に入ってしまった。


「ミーちゃん」

奇世は未来の部屋に入り勉強机の横に立った。

「ママさっきはごめんね」

「ママもミーの大変さをわかってあげられんくてごめんね」

「中学受験って思ったより大変だね」

パジャマ姿の未来は鼻からふっと息を吐いた。

「パパも見守ってくれとるで」

「なんでだろう。パパが見守ってくれとると思うとなんでもできるような気がするのは」

「あたしたち三人はね、パパに絶対に見守られとるの。今もね、絶対にどっかであたしたちのことを見とるんだわ」

「うん。どこにいてもパパを感じるよ。あたしもうちょっと勉強してから寝る」

「頑張れ」

奇世は未来を抱きしめた。未来は奇世に抱きしめられるのが好きだった。奇世の香りを嗅いでいると安心した。

「ミーは本当は小学校のみんなと一緒に公立の中学校に行きたい？」

「公立の中学なんて行きたくないよ。あんな学校絶対に嫌。わたしはみんなとは違うの」

奇世は満足そうな顔で未来に笑った。その意識でいい。未来はとてもプライドが高い。奇世はやっぱりトンビが鷹《たか》を産んだような気になってしまう。

相変わらず奇世の美しさには何ひとつ陰りはない。黒ずくめの服を着た未来を車に乗せ、奇世たちは小学校に向かった。

奇世は男を一切寄せ付けず、隆以外の男を気持ち悪がった。実際に美しい奇世に声をかけてくる男はいなかったのだった。なぜなら奇世は男性に対しては一切の隙を見せず、

「誰もあたしに干渉しないでくれ。ほっといてくれ」

という感情をむき出しにするからだ。隆以上の男はいない。奇世が思うのはただそれだけだった。恋に落ちることは今後の自分の人生でありえないこと。男に抱きしめられたいと思う夜だってある。だけど叶わないのだ。隆はいないのだから。隆亡き人生で、子供たちを育てることが奇世のすべてだった。色恋の意識は皆無、だいたいそんな時間がどこにあるのか。子供のために日々を過ごしていると、自分が隆の亡くなった歳になるまでほんとうにあっという間だった。

涙なしではいられない卒業式だった。体育館に未来たち卒業生が入ってくるとこれまでのことが走馬灯のように思い出された。隆が亡くなってもう九年近くが経っていた。こっそり鞄の中から隆の写真を出した。写真は隆が子供たちを抱っこしているものだ。奇世は写っていない。「あたしはここまでひとりで育てられたよ。すごいでしょう」そう隆に自慢したかった。誰かに褒めてもらいたかった。思えば「頑張っとるね」「女手ひとつでようやっとるなあ」なんていう労《ねぎら》いの言葉を一吉やサチ子から言われたことなどない気がする。しみじみやさしい言葉を奇世にかけてくれたのは、義父の利と奇世を産んだ加世だけだったのではないか。

未来は卒業生代表の挨拶をする。名前を呼ばれ、未来が壇上にあがると奇世は手の汗をハンカチで拭いた。未来の書いた文章は、まるでお手本のように整っていてとても素晴らしかった。先生に対する感謝、友達との思い出、そして母である奇世への感謝の言葉を聞いた時には涙をこらえることができなかった。未来も泣いていた。涙を流しながらの未来の言葉は大勢の人たちの涙を誘った。未来は感情表現がとても豊かで、感情のままにそこで光を放つような子だと奇世は思う。

「ママ、ありがとう」

卒業生の家族数組と昼食会をした帰りの車の中で未来が言った。

「ありがとうと言われるように」

「言うように！」

未来が奇世に続いて言うと笑った。幼い頃から子供たちに家訓のように、「ありがとうと言われるように、言うように」という言葉をずっと伝えてきた奇世だった。だから子供たちは必ず人に対して「ありがとう」とちゃんと言える人間に育っている。挨拶や礼儀はとても厳しく教えてきたし、それがちゃんと子供たちには当たり前に身についている。

立派に育っている。何にもなかったあたしにはもしかしたら子育ての才があったのかもしれん。

そんな風に奇世は自分のことを褒め称えることができた。自分には手に職もなければ、特別に頑張ってきたことだってなかった。何かを身につけて仕事にしたり、輝いている人たちのことを羨ましいと思ったこともなかった。自分はただ、愛する人と一緒になって、愛する人との子供を持ち、ともに生きていくことだけを望んでいた。隆がこの世になき今、こんな素晴らしい子供たちを持てたのだ。少々自惚《うぬぼ》れたっていいではないか。

格式高いグレーの制服を身にまとって中学生になった未来は、さらに複雑な娘になっている。未来はいつも苛々していた。まるで腫れ物に触るように奇世は未来に対していちいち深く考えながら接しなくてはいけなかった。しかし思えば奇世だって荒れた中学時代を過ごしてきた。大人が大嫌いで、不良たちと一緒にいることでしか自分を表現できなかった。サチ子はその姿をとても心配していたが何も言わなかった。何も言えなかったのだ。奇世だって今、未来に対してどんな言葉をかけたらいいのかわからない。いつも何かに怒っている未来をただ見守ることしかできない。

未来は容姿も大人っぽく誰からも大人として対応されることを望んでいる。若者の間で流行りの露出度の高いキャミソールとミニスカートと厚底ブーツが未来の休日の私服で、化粧だってするようになった。もし隆が生きていたら、そんな格好で出歩くことを許すわけがない。ただ、奇世には着飾りたいという未来の気持ちがわかる。だいたい根が真面目で賢い子なのだ。やるべきことさえしっかりやっていれば文句を言うつもりはない。

住んでいた豊田市から岐阜の学校までは通学に片道2時間もかかった。奇世は未来を毎朝5時半に起こして朝6時15分の始発に乗せるために駅まで車で送る。夜は6時半に中学校から家に帰ってくる。

未来はすぐ部屋にこもる。自分の年齢よりも上の年齢層のファッション誌が積み重なっていき、流行りのギャル風なファッションアイテムがどんどん増えていった。女子校はとてもつまらないらしく、いつもふてくされているように見えた。

いつのまにか未来と城はほとんど会話をしなくなった。姉弟ともに思春期真っ只中である。これも真っ当な姿なのだろうと思うほかない。城は相変わらず野球少年で、奇世はそのサポートを一生懸命やっている。城も奇世に口ごたえするようになり、とっくに腕力では勝てないため城との接し方も難しく感じている。

奇世と城を繋いでいるのは間違いなく野球だ。城はどろどろになったユニフォームを洗ってくれたり、すべての試合を応援しに来てくれて甲斐甲斐しく自分を支えてくれる奇世に心の底から感謝していた。男の子の城の気持ちは理解しようと思っても難しい。母親として城になめられてはいけないという思いを奇世は持っていて、決してやさしくしすぎるようなことはしないでむしろ厳しく接している。


「学校に行きたくない」

未来が深刻な顔で言う。

「どうしたの？」

「先輩たちが怖いの。スクールバスで先輩が毎朝わたしの座席を蹴るの。ずっとずっと蹴るの。

二年生の先輩たち。しかも笑顔で話しかけてきたり未来ちゃんってほんとに可愛いとか言ってくるくせに、わざとわたしに聞こえるようにわたしの悪口言ってくるの。たいして可愛くないとか、調子に乗っとるとか」

未来は目立つ。それが先輩たちの目に付いたのだ。女子同士ではよくある話だ。奇世も学生時代に経験したことだからわかる。

「だめ。学校には行かなきゃだめ」

奇世は未来の言葉を遮るようにして言い放った。子供を甘やかしてはいけない。色々な経験をすべきなのだと奇世は思う。珍しく未来は泣いていた。

「頑張りなさい」

奇世の言葉を聞くと未来は諦めたような顔をして涙を拭き、無言で部屋に戻っていった。それからは未来は何も言わずに中学校生活を送っている。相変わらず家に帰ってくると部屋から出てこないが。

「部屋でいつも何をやっとるの?」

と夕食の時にさりげなく聞くと、

「詩を書いてる」

と答えた。それでも未来の勉学に対する意欲は消えてはおらず、中間テストや期末テストの際はとてつもない集中力を見せて勉強している。おかげで未来の成績は入学時から変わらず優秀だ。一学期が終わり、中学生になって初めての通知表もオール5だった。未来はこれが自分にとって当たり前のことだからこれを継続しなくてはいけないと思っている。どうしてそこまで頑張るのか、親の奇世にさえわからない。ただそうしなくては未来の気が済まないのはわかっている。

奇世は子供たちの将来のために未来と城が幼い頃から、それぞれに銀行口座を開設して貯金をしていた。子供たちにも「お年玉やお小遣いをもらったらなるべく貯金しなさい」と教えてきた。その甲斐あって、二人ともお金をとても大切に使う子供に成長し、未来は奇世の教えにより貯めていたお年玉を使ってマッキントッシュとキーボードを買い、音楽ソフトで音楽制作を始めた。誰に教わったわけでもなく未来は自分で扱い方を勉強したのか使いこなしている。奇世自身音楽に興味を持ったことはなかったし、隆だって歌はうまかったがギターが弾けたとかバンドをやっていたなどということは一切ない。誰に勧められたわけでもなく未来は音楽を心の拠《よ》り所にしているようだった。自分の中にある怒りの矛先を、すべて音楽にぶつけているようだった。部屋で、流行っているというラップ音楽を爆音で聴いている。

夏休み、未来は睡眠不足と退屈な学校生活と怖い先輩たちとの毎日から解放され、いつもよりリラックスしている。同級生と遊ぶために名古屋まで出ていくようになった。今時のとても派手な格好をして、どう見ても中学一年生には見えない。そんな未来が繁華街に遊びに行くのは親としては不安ではあるが奇世は信用するしかない。

「オーディションを受けたいんだけど」

未来がテーブルに差し出したのは大手レコード会社主催のオーディションの広告が載った雑誌だった。

「五万人規模のすごく大きなオーディションなんだって」

驚きはしても反対する理由など何もない。

「これでやっとわたしの存在を証明できる」

そう言って未来は鼻から息を思いっきり吐いた。自分が作った音楽をレコード会社の人たちに聴いてもらいたいのだという。雑誌に付いていたオーディション専用の履歴書に記入して、マンションの駐車場で奇世が撮った未来の写真とともに送ると、間もなくしてマンションのポストに封筒が一通届いた。書類選考を突破し、一次審査の案内が来たのだった。書類選考突破は奇世を高揚させた。「でも書類選考なんてみんな合格するんだよ、きっと」と未来はあっけらかんと言った。

翌々週、一次選考を受けるため指定された名古屋のオーディション会場に奇世と未来は鼻息荒く電車で向かったのだった。二人とも興奮していた。これからきっと何か面白いことが起こるような気がしてならなかった。

久屋大通公園からすぐ近くのオーディション会場には、百名ほどの未来と同じ年代や高校生くらいの女の子たちが一世一代の大勝負のような顔をして待っていた。可愛らしい子や特別可愛くもない子やたくさんの歌手を夢見る子供たちがいるが、親の欲目か奇世には未来が一番個性的で輝いて見えた。当の本人は初めてオーディション会場に来たにもかかわらず、戦いに向かう戦士のように堂々としている。

未成年である未来は保護者同伴でのオーディション参加が条件だった。手続きを済ますと未来は会場へひとりで入っていった。心細そうな顔ひとつすることなく。奇世はその手を一度引っ張り、未来を強く抱きしめた。「頑張れ」という強い願いを込めて。

「ママ痛いってば」

奇世はいつだってとても強い力で抱きしめるのだった。

奇世は1時間後に会場に迎えに行くため、近所のコメダでウインナーコーヒーを飲んで待っていた。誰かが煙草の灰を落としたのだろう、案内されたソファはバーガンディーのベロアに穴が開いていた。奇世は煙草を手にして一服しながら未来のことを思った。

このオーディションに未来は合格するのではないだろうか。未来は生き急いでいてもがいている。たまに遠い目をするのはつまらない中学生活への絶望感と「自分の人生なんて所詮《しょせん》こんなものなのかもしれない」という諦めからで、そしてそれと相反する「閉塞《へいそく》感から抜け出したい」「この人生を楽しくしたい」という前向きな気持ちが混在しているように見えた。

奇世は「早く自立しなさい。強くなりなさい」と幼い頃から口癖のように言ってきた。隆を失って、子供を二人抱えて女ひとりで生きていくことはとても大変だった。生きていくには強くならなくてはいけない。そうでなくては現実に押しつぶされてしまう。人生は厳しい。あれから未来は中学校で先輩たちと闘い向き合っているのだろう。少々嫌な思いをしたり、理不尽な思いをするのも勉強なのだ。親が過保護に口出しするものではない。子供は子供の中だけの世界があって、そこに親が介入すべきではない。未来なら必ず乗り越えられるとわかっている。

学校そのものが楽しくないのは百も承知だった。そして実際に未来が通う女子校は校則がとても厳しいため、思春期の娘たちは大変息苦しい思いをしている。しかしそういった経験をして損はないと奇世は思っている。未来はこんな自分のことを冷たい母だと思っているだろうか、どうして助けてくれないのかと思っているだろうか。そんな未来は光を自分で見つけた。心の拠り所としている音楽に向かう未来のエネルギーはただものではない。

奇世はふと加世とサチ子のことを思った。ちょうど未来くらいの年齢だった頃、奇世は加世のことも、サチ子のことも、そして一吉のことも憎くて憎くてたまらなかった。どうして親の誰も自分に真っ直ぐな愛を注いでくれないのかと。愛していなかったわけではないのかもしれない。けれども愛されている実感がなかった。愛されたくて、愛されたくてたまらなかったし、お母さんに思いっきり抱きしめられたかった。その願いはどうしても叶わなくて途方に暮れた。不良の真似事のようなことをしているだけで憎しみや悲しみを忘れられた。そんな中学時代だった。

今思えば、あの頃は最も心が繊細で、今にも壊れそうだったような気がする。不良たちと付き合い荒れた生活をし、悪い道に突き進むことで、自分への破壊衝動や自傷願望のような欲求を満たしていた。中学生時代は最も多感であり、大人への抵抗感を持ち、暴力的に自分を壊したかった。毎日自分の存在意義を探していた。もし自分がいなくなったら一体どれくらいの人が悲しんでくれるのだろうかということばかりよく考えていた。

だからあの頃の自分と比べて、行き場のない悶々《もんもん》とした思いをぶつける対象として音楽を見つけ、いつもひとりで向き合おうとしている未来が健気で愛おしくてたまらない。奇世は未来を思いっきり強く抱きしめる。それはただ無条件に愛しいから。愛しいからそうせずにはいられないのだ。自分のお腹を痛めて産んだ可愛い我が子が苦しい思いをしているなら強く抱きしめてあげたい。

「わたしたぶんオーディション通ったと思う」

審査を終えた未来の顔は晴れやかだった。

「よかったねえ、うまくいって」

「だってさあ、他の子たち、アイドルみたいな感じでみんな同じでつまんないの。妙にオーディション慣れしてるしさ。なのにみんな超歌下手《へた》なの。それでね、わたしが歌ったらね、大人の人たちが一斉にわたしを見たの。質疑応答があったんだけどね、わたしだけその時間が長かったしたぶん興味がわいてたと思うんだよね、それでね」

未来はよっぽど手応えがあったのか意気揚々としてお喋りが止まらない。駅まで向かう道を二人並んで歩いている。奇世は左手を差し出した。未来は奇世の手をとって二人は手を繋ぐ。奇世と未来はこうしてよく手を繋いで歩いた。

その日は近所の回転寿司で家族三人夕食をとった。城は大の寿司好きで回転寿司に行くと言ったら大喜びしている。

「姉ちゃんオーディションどうだった？」

城の目の前には空の寿司皿が大量に積み重なっている。

「たぶん受かったね」

「緊張とかしんかったの？」

「全然」

「ほんと姉ちゃんは自信がすげえんだで。姉ちゃんは歌手になりたいわけ？」

「なりたいんじゃなくて、なると思う」

「ほんと姉ちゃんは変わっとる」

「ならなきゃいけないんだよ。どうしても」

未来の横に座る奇世は鯵《あじ》の昆布締めを食べながら子供たちの会話を聞いている。今日はビールがよく進む。

「かあさん、なんで笑っとんの？」

奇世は二人を見つめながら微笑んでいた。二人を見つめる時、いつもそうだった。愛しい二人が仲良くしている様を見つめていると心から癒されるのだった。

「幸せだなあと思って」

「かあさんまた言っとる。幸せ、幸せってすぐ言うんだで」

奇世はほんとうに幸せだった。愛する子供がそばで頑張っている姿を見られるだけで、ただそばにいてくれるだけで幸せだった。

帰り道、マンションの駐車場から空を見上げると満天に星が輝いていた。

「パパが見とるね」

奇世がつぶやいた。すこし酔っているのかもしれない。

「うん。パパが見てくれとるから俺たちは大丈夫」

未来は何も言わずに星をじっと見つめていた。大人っぽくなったなあと奇世はまた思う。これから近い将来、未来は奇世が隆と恋に落ちたように誰かと恋をするのだろう。

「隆ちゃん、子供たち頑張っとるよ。あたしちゃんと幸せだよ」

奇世は心の中で言った。

隆は子供たちの成長を見られずにほんとうに可哀想だ。34歳で突然心臓が止まってしまってきっと何もわかっていないのだ。いきなり、ある日突然自分の人生が終わってしまったことをわかっていない気がしてならない。まだまだやりたいこともたくさんあったろうに。隆は生前、子供たちのことを精一杯以上の愛を注いで可愛がっていた。その愛する子供たちがこんな風に立派に成長した姿を見ることができずに可哀想で仕方ない。だから隆の分まで一生懸命に毎日を生きていかなくてはいけないし、幸せでいなくてはいけないのだ。

未来に二次審査の案内が来た。また十名ずつのグループ審査によりオーディションは進められたが、一次審査の時と比べて審査員の数が一気に増えて十人分の大人たちの目が未来に向けられていた。オーディション参加者は広い会議室のような部屋にぞろぞろと入っていった。未来はこの中の誰よりも歌がうまくて、魅力的な存在だと自負していた。その自信は一体どこから来るのか。ほんの少しの緊張も動揺もなく未来は堂々としている。その様が未来をより一層個性的に輝かせてみせた。

それまでのオーディション参加者の歌はとても聴けたものではなかった。ほとんどの子たちがオーディション慣れしていて、滑舌の良いハキハキとしたお手本のような自己紹介の仕方、場慣れした嘘みたいな笑顔、態度が皆同じように見えてちっとも魅力的ではなかった。未来の順番になり、真っ直ぐで独特な声とテンポで未来が自分の名前を告げると視線が集中した。そして未来が歌い出した瞬間に大人たちがぐっと体を乗り出すのがわかった。明らかな未来に対する興味だった。「きたな」未来はくっきりとした手応えを感じていた。やっぱり自分は特別な才能を持って生まれたのではないかという自惚れすら感じてしまうほどに。音楽のプロの大人たちが自分を見つめているという快感を未来は知った。歌う姿をじっくり見られるのはなんて気持ちのいいことなのだろうと。歌っている間じゅうとても満ち足りた思いがした。歌をうたっていると自分を異次元の場所に連れていくことができた。「もっとわたしを見て！」そんな思いでいた。

グループ審査を終えて奇世と未来が帰り支度をしていると、主催のレコード会社の担当者に呼び止められた。担当者の嶋野《しまの》は一次審査も二次審査も審査員席で未来を見ていた人だった。未来に声をかけた後で、奇世に未来の母であることを確認した。

「よかったら僕たちに未来さんのデビューのお手伝いをさせてもらえませんか？」

名刺を差し出され、予想しなかった展開に奇世も未来も目を丸くした。デビュー候補生という形でレコード会社の新人発掘の部署で未来を預かる形になるということを説明された。これまでにも様々な歌手たちが新人発掘部署から育っていったという。まさかいきなりこんな話をされるとは。二人は思い切り歓喜の雄叫《おたけ》びをあげたい気持ちを抑えて見つめあった。

「よろしくお願いします！」

未来ははっきりとした声で言うと頭を下げた。

「このオーディションは特にグランプリを決めるというようなものではないんです。あまりにも未来さんが素晴らしいので早々に声をかけた次第です。きっといい方向に向いていくと思います」

またその日も奇世と未来は手を繋いで家に帰った。

「生きる希望を見つけたみたい」

未来は噛み締めるようにつぶやいた。


未来のオーディション合格を誰よりも喜んだのは加世だった。会うたびに加世はすこしずつふっくらしていく。いつも仕事着の黒いエプロンをつけ笑顔で奇世たちを迎える姿を見ると心が和んだ。「三鈴」は相変わらずの渋い喫茶店で奇世たちが店に行く時はどうしてかいつも客がいなかった。店に足を踏み入れた瞬間に漂うコーヒーと煙草と料理の油のまざった香りは奇世たちを癒した。

「ミーちゃんすごいわあ！　やっぱりどっか人と違うんだわね。ああすごいことだわ！」

全身全霊で喜んでもらえた未来は嬉しそうだ。

「頑張ってデビューしてね」

加世は未来の両手をとって思い切り強く握った。そしてそれだけでは事足りず未来を抱きしめた。

「ほんとにあたし嬉しいわあ」

カウンターの奥から出てきた加世がハイチェアーに座り煙草をふかしながらうっとりした声で言う。未来はひとりでボックス席の端のほうで少女漫画を読んでいる。

「ミーちゃんそんな端っこにおらんでこっちこやあ」

加世が言うと、

「ここが落ち着いちゃった。ママたちは二人でゆっくり話してなよ」

漫画から目を逸らさずに言った。

「これからどんな風になっていくのかは未来の頑張り次第かわからんけど、未来が〝生きる希望を見つけた〟なんて言ったからあたしも母親としてできることはしてやりたいと思うんだけどね。でも音楽のことなんて一切わからんし、音楽業界のことも全く知らんもんであたしからしてやれることとなんてなんにもないんだけどね」

「奇世ちゃん、あんたはほんとに立派だわ。ちゃんとやっとる。ちゃんと頑張っとる」

「子供たちが可愛くて可愛くてしょうがないだけ。でも可愛いからって言ってなんでも親がお膳立てしてやっちゃうのは違うと思うの。子は、親がおらんでもちゃんと育つの。おかあさんごめん、変な意味じゃないからね。でもある程度の距離を置いて見守ることも必要な年頃に子供たちもなってきたのかなって思うんだわ」

「奇世ちゃん」

「あたしを産んだおかあさんでしょう。だから未来もこの世に生まれてこれたんだから」

「ありがとう」

二人とも涙ぐんでいたが、未来はわざと気づかないふりをしている。

「子供にとって母親って、生まれてきた意味みたいなもんなんじゃないかって思うんだわ。子は親を選べんし、自分の意思で生まれてくるわけでもない。ただ自分がこの世に生まれた理由は母親がこの世に生まれたことにもあると思う。あたしはこんな可愛い子供たちを産むことができた。自分には才能もやりたいことも生き甲斐もなかったけど、隆ちゃんに出会って結婚して子供たちの母親になれたことがあたしの誇りになったの。自分が生まれてきたことに感謝できるようになった。だからおかあさんに感謝するの」

加世は言葉を失い涙をこらえている。

「それにしても未来は出来過《できす》ぎた娘だけどね」

奇世は清々しい気持ちで加世の店を後にした。


「ママ。かーちゃんって、ママにちょっと似てると思う」

帰り道助手席の未来がそう言い出した。

「え？　ママと？　そうかな？」

「かーちゃんってママみたいにすらっとしてないし、顔もそんなに似てないけど、今日思ったの。表現の仕方が似てるなって」

「喜び方がママと似てる。わたしがデビューできるかもしれないって言ったら、ものすごい笑顔で感情むき出しにして嬉しい！　って言ったところとか、痛いくらい思いっきりぎゅってするのとか。ああいう素直に感情を表現できるのってすごいいいよね」

「表現の仕方？」

奇世はなんとも言えない気持ちになった。嬉しいと感じているのかなんなのか曖昧だった。加世とは何年も離れていた。そして加世から生まれたのに、自分が未来との間に強く感じる母娘の繋がりを加世との間には感じることができずにいるのだった。「ほんとうに自分はこの人から生まれてきたのか」と疑ってしまいそうになるほど。まさに奇世がさっき加世に話したように、母親は子にとって生まれてきた意味なのだ。加世は自分にとっての生まれてきた意味なのだと思うと一生をかけてたいせつにしなくてはいけないと思う。そして子は親にとって生きる意味なのだ。未来は、城は、奇世にとって生きる意味なのだ。

隆を失ってから一度だって隆を追いかけて自分の命を絶ちたいなんて思ったことはなかった。奇世には生きていく意味があったからだ。だから自分も加世が苦しい時、悲しい時にまず想うような、生きる意味でありたいと願う。そうでなくては、加世に手放された自分の人生が浮かばれないではないか。子は親を選べない。だからこそ奇世は子供から「ママの子供に生まれてきてよかった」と思ってもらえる母親でありたいと思うのだ。

加世のことを想うたびに、また加世の顔を見るたびに奇世が思うのは、この人はほんとうに幸せなのだろうかということだった。ただ、奇世の生きる姿を見て、子供たちを見てほんのすこしでも幸せを感じてほしい。またすこし加世のことを愛おしく思っている自分がそこにいた。そう思えた自分のことも愛おしかった。


「面談って堅苦しそう」

「大丈夫だって。嶋野さんは自分に任せてって言っとったんだし。皆さん未来に興味を持って会いたいって言ってくれとる方たちなんだから」

トーストを頬張ると未来は、奇世の付き添いのもと東京に向かった。

担当者の嶋野が段取りをつけ、「うちで未来さんを預かりたい」と名乗り出た六社の人たちと面談をすることになった。芸能事務所の人たち、レコード会社から派生したレーベルのプロデューサーという面々が相手だった。未来がまだ未成年であるため母親の奇世も同席のもとレコード会社の小さな会議室で面談が行われた。一社20～30分くらいで、どの人も「ぜひうちで未来さんをデビューさせたい」と未来を口説く。誰も彼も一生懸命に未来に対する興味の姿勢を見せ信頼できる人たちだった。しかし未来も奇世もどこに世話になるべきなのか判断できない。

「僕なりに考えてみますので、一旦僕に預けてもらってもいいですか？　必ずベストな状況になる人たちと未来ちゃんを繋げます」

なかなか大人に心を開かない未来も裏表のない誠実な嶋野のことは好きだった。この人は自分のことを悪く利用したりはしないと思え、信用できた。嶋野の決断は早く、数日後に、「森《もり》さんのレーベルに行くのが一番いいと思います」と言って、とんとん拍子で未来はレコード会社と仮契約をした。デビューが決まった時点で本契約ということになるらしい。未来はレコード会社に所属することになったのだった。

短い秋が過ぎ冬になると、城も無事に志望した中学に合格した。野球が最優先事項の城は受験から解放されると最後の少年野球チームでも時間を嚙み締めるように過ごしていた。城にとっては、少年野球チームを卒業することのほうが小学校を卒業することよりもよっぽど寂しいものだった。最後の試合の時に、子供たちが揃って、応援する奇世たち親のところへ来て感謝の気持ちをひとりひとり伝えた。城は嗚咽するほど泣いていた。

「かあさん、いつも試合を応援してくれてありがとうございました。いつも泥だらけのユニフォームを洗ってくれてありがとうございました。いつも朝早く起きて一緒に試合に行ってくれてありがとうございました」

城に言われると奇世も号泣した。中学になっても野球第一で頑張るという。母親として全力で応援するに決まっている。

城の中学入学とともに奇世たち家族三人は豊田の町を離れることにした。名古屋に引っ越し、奇世は隆の実家からすぐ近くに家を建てた。

奇世が自分たち家族三人が住むための家を建てることを決意したのは二年前のことだった。子供たちに財産として家を残してやりたい、利たちに孝行したい、何より、隆の遺産をやりくりしたお金で家を建てれば、隆も喜ぶだろうと思ったのだった。

外壁の下半分に赤い煉瓦《れんが》のタイルが貼られ、上部の白い外壁に黒の柱が格子のようにデザインされた英国調の一軒家だった。奇世はまたひとつ、自分がやるべきことを達成できたような気持ちでいた。我ながらとてもいい家だと思う。自分の家はとても広くとても居心地がよかった。

奇世の立派な一軒家に豊田から一吉やサチ子が遊びに来ることはない。歩いて3分くらいの距離に住む利と絹代でさえ滅多に来なかった。皆自分の家が一番落ち着くのだろう。自分の生活を作る家族との暮らしがあり、そこがそれぞれの居場所なのだ。櫻子だけは相変わらずよく遊びに来てくれた。櫻子が来ると反抗期の子供たちの笑顔が見られたので、ひょうきんな櫻子に助けられる思いだった。特に未来と櫻子は仲の良い女友達のように付き合っていた。子供っぽい櫻子と大人っぽい未来は馬が合う。

レコード会社と仮契約をして早速、未来は毎週末にデビューのためのレッスンを受けにひとりで新幹線に乗って、東京に出向くようになった。はじめは大都会の東京に未来をひとりで行かせるのはとても不安だったが、未来の将来のために信じて安全を願うしかなかった。

奇世は渋谷という街にも大都会東京そのものにも全く土地勘がないし、人が多くて恐ろしいと思うばかりなので、未来が東京のことを「全然普通だよ」と言うのを聞くと本当なのかと耳を疑ってしまう。当の本人はいつも通り飄々《ひょうひょう》としており、最先端の都会の躍動感に馴染んでいる。だいたいいつも名古屋駅から朝9時台ののぞみに乗り東京駅で下車し、山手線に乗り換えて渋谷のボイストレーニングのスタジオに行き、その後に池尻大橋でダンスレッスンを受ける。はじめの頃は担当の森が同行していたが、今は未来ひとりで行動している。

レコード会社に所属してからの未来は音楽に対しても、中学の勉強に対してもより一層一生懸命取り組むようになった。そんなに気を張ってやらなくてもと奇世が心配するほどに。しかし未来は頑張れば頑張るほどとても輝いて見えた。レコード会社に入ったからといってデビューできる保証はない。学校から帰ってくると取り憑《つ》かれたように曲を作ったり、歌の練習をして部屋にこもっている。

引っ越したことで未来の通学時間は30分になった。通学が楽になったことで顔色も心なしかよく見える。

奇世は毎朝6時半に起きて子供たち二人分の弁当を作ることが一日の始まりになった。子供たちが小学生だった時に遠足や運動会でお弁当が必須になると、子供たちは奇世の手作り弁当を大変喜んだ。奇世も必ず空になる弁当箱が嬉しかったがそれが毎日となると大変なことだった。前日の夕飯の残り物を入れることもあったし、朝から城の好物の唐揚げを作ったり、藤岡家定番の甘い卵焼きを焼いたりした。キュウリをハムで巻いてマヨネーズを添えたものや焼きそばを入れると子供たちは喜んだ。

「もう！　なんでもっとちゃんと起こしてくれないの！」

文句を言いながら未来が二階から下りてきた。城はもう朝練に出掛けた。

「未来、パパに手合わせたの？」

制服姿の未来は黒い髪をかきあげて、「今しようと思っとったの」と生意気に言うと、鈴《りん》を鳴らして目を閉じて隆の位牌と写真に向かって手を合わせている。

隆が亡くなってからずっと、小さな位牌と隆の写真を部屋の一角に飾っている。これを小さな仏壇だと思って朝起きた時と夜眠る時にお線香を立てて必ず家族は手を合わせる。

「パパに手を合わせる時は必ず『いつも見守っとってくれてありがとう』って言うんだよ」と未来と城が物心ついた頃から教えてきた。幼い頃に奇世が未来と城に伝えてきたこと、例えば隆は空の星になったということ、その中でも一番光り輝く星が隆なんだということ、だからいつも自分たちを見守ってくれているのだということを今でも心に留めている。夜空に星が輝い

ていると必ず、

「あれがパパかな」

と、子供たちと空の星を指差して言った。夜の空を見上げるたびに、そこに一段と光り輝く星があるたびに、奇世たちは隆のことを想うのだった。

「朝ご飯は？」

「時間ないよ！　電車の中で食べるからおにぎりちょうだい」

奇世は未来を車に乗せ、駅に送った。


城も中学生になってから家に帰ってくると自室にこもるようになった。小学生の時はリビングで家族みんなでテレビを観て団欒していたが、思春期になった二人には自分の部屋が居心地よくまるで聖域のようになっている。

家族の会話は減っていったし、未来も城も奇世に口ごたえするようになり親子で口喧嘩をすることも増えた。未来の格好はどんどん派手に自己主張の強いものになっていくし、城も眉毛を細くしたり色気づいている（頭は坊主のままだが）。しかし心配に思いながらも子供たちのことを信じているから少々色気づくことくらい可愛いものだと思わなくてはいけない。奇世だって派手な中学時代を過ごしたわけであり、我が子なら多少の洒落っ気は自然なことである（血は争えない）。そしてなにより自分と違うのは二人には熱中していることが明確にあり、色気づくことに興味を持っても今自分にとって何が一番大切なことなのか、子供たち自身が一番よく理解している。それがわかっている限り、誤って自分のように不良の道に逸れてしまう心配はないと思う。親子で言い合いをしても、これも成長している証拠なのだと思うほかない。もし隆が生きていれば未来の派手な格好は絶対に許さないと思うし、城の眉の細さに「調子にのるな」と一言言ったかもしれないが。

奇世は40歳の誕生日を迎えた。隆は生きていれば45歳、どんな中年になっていたのだろうかなんて、うまく想像することができない。やっぱり隆の姿はいつまでも34歳のままだった。隆はいつも奇世の誕生日にたくさんの花束と指輪をくれた。隆と夫婦として暮らしたのはたった四年半だったけれどその美しい思い出だけで奇世は今日まで生きてこられた。再来年で十三回忌を迎える。隆が死んでしまったばかりの頃は、目の前にあることに精一杯でただただ必死に日々をこなしていた。絶対に子供たちを幸せにしたいという気持ちだけは強く持っていたけれども、今思えば、一体どんな風に子供たちを女手ひとつで育てていけばいいのか心細かったのかもしれない。もうきっとあたしは大丈夫だ、そう思うことができた。いつのまにか三人だけの生活が当たり前になった。藤岡家は三人家族だ。悲しいけれど、四人家族ではない。

「ママー」

この声色の時はなにか頼みごとがある時だ。

「どうしたの？」

「明日クラブに行ってきてもいい？」

「クラブ？　何言っとんの？　中学生が夜中にクラブに行くなんてダメでしょう。だいたい入れてもらえんでしょう？」

「この間レコード会社の人に紹介してもらった人たちがライブするの。だから入れてくれるって。現場でどんな音が流れてるのかとか、どんな空間なのか知りたいの！　これは勉強なの」

勉強だと言われると奇世も考えてしまうのだった。

「ママお願い」

「わかった。ちゃんと始発で帰ってこやあよ。必ず電話には出て」

翌日未来はとても派手な格好で終電近くの電車に乗って出掛けていった。未来が出掛けている間、奇世は心配で眠れなかった。悪い大人に、悪い男に声をかけられていないか気になって仕方がない。明け方に帰った未来は、起きている奇世を見てとても驚いた顔をしてから、申し訳なさそうに「ただいま」と小さな声で言った。

「おかえり。早く寝なさいよ」

それだけを伝えると奇世はベッドに入った。

未来はその夜にクラブで紹介された年上の男に恋をした。男はＤＪをしている26歳で、同棲している彼女がいた。未来にとって初めての恋だった。彼女がいても未来は男のことが好きだった。音楽の知識を自分よりもずっと多く持っていて、音楽に関するたくさんのことを教えてくれる男を尊敬した。大人の男に憧れる年頃でもあった未来が男に興味を示し、男はすぐにその好意に気が付いた。とても14歳には見えない早熟で危うい雰囲気を醸し出す未来に男も興味を持った。未来はギターレッスンの帰りに奇世に内緒で男と会ったり、栄に出掛けた際に男に会いに行った。男のことを思うと胸が痛かった。心臓の在り処《か》を初めて知り、恋の痛みや危うさを知った。気が付くといつも男のことばかり考えていた。音楽以外に自分のことを支配できるものがあるとは思わなかったからとても苦しかった。男は彼女と別れるつもりはなく、でも未来のことを都合よく利用することも絶対になかった。「一線を超えることはできない」そう言われた。何度か逢瀬《おうせ》を繰り返したのちに未来は男から一通の手紙をもらった。

『きみはとても特別な魅力を持っていて、自分には同棲している彼女がいながらもきみへの好意から目を逸らすことができなかった。きみはどこか寂しそうで、その寂しそうな瞳に僕はシンパシーを感じたような気がする。いけないと思っても、きみと会うことをやめられなかった。もしきみがそんなに若くなく、僕と歳も近かったら何か違っていたかもしれないとも考えたけど、やっぱりきみはこれから夢を叶えて、僕なんかよりももっといい男に出会うべきだと思う。だけどきみに出会って、こんなどうしようもない自分にもまだ純粋な部分が残されていたんだって気づくことができた。ほんとうにありがとう』

　未来は自分の部屋で声を殺して泣いた。こんなに涙が出るのかというくらい一晩中泣いた。部屋に鍵がついていないので、万が一、奇世が部屋に入ってこようとしたらどうしようなどと思いながら未来は泣いた。これが失恋だということさえも理解できないまま、ただ彼にもう二度と会えないと思うと悲しくてたまらなかった。でも自分の芯の部分にある生き辛さの根源や本質を見抜いてくれた彼に救われた気持ちでいた。恋は救いだと思った。なんとなく儚くちっぽけに感じている自分の命さえも大事に思えた。

　奇世には男との一切合切を話すことができなかった。心配をかけたくなかったのと、自分でも胸が苦しくてうまく話せそうになかったからだった。しかし、失恋から何日か経つと、不思議と奇世に話したいと思ったのだった。

「顔とか見た目は全然タイプじゃなかったの。でもわたしのことをちゃんと考えてくれてた」

　涙を堪えながら話し始めた未来をやさしく奇世は見つめた。

「いい人だったんだね。ミーちゃんはなんでもママに話してくれてありがとうね」

「なんかママには話さなきゃいけない気がするんだよ」

　奇世は派手な顔をくしゃっとさせて未来に笑いかけた。

「ママもねえ、パパのこと最初は全然タイプじゃなかったんだよ」

「そうだったの？」

「だってパパってものすごい色男って感じじゃないでしょう？　でも、愛されとるとこれがだんだんほんとうにいい男だと思うようになるんだわ」

「なんかちょっとだけわかる気がする。自分の感性で好きになるって感じ」

「これぱっかりは感覚的なものだもんね。ミーちゃん。ママも昔、失恋した時は死んじゃいたいと思ったくらいつらかったよ」

「ママも失恋したことあるの？」

美しい母と失恋が未来の中では結びつかない。

「そっか、ママだってパパと出会う前は別の男の人と付き合ってたわけだもんね」

「そうよ。でもママこう見えて、かなり真面目だったの。今思うとちょっと勿体なかったかなあと思うくらい」

奇世が隆以外の男と親しくしている姿は想像もできない。母と父は二人でひとりであり、子供にとって別の組み合わせは考えられない。

「失恋したのはパパと出会う前にお付き合いしとった人。背が高くてモデルみたいにかっこいい人だった。振られた時はほんとうにつらかったけどねえ。その前は中学から高校卒業までずっとひとりの男の人と付き合っとったの」

「そんな長く付き合ってたの？　もっといろんな人と付き合ってきたのかと思ってた」

「ママ、大人しかったし、一度好きになったら一途なの。でもパパが一番いい男。ほんとうに。

パパはちゃんと愛してくれて、男らしくて、ばりばり働いて稼いで、何より一緒にいてほんとうに楽しかった。いっつもたくさん話して笑いが絶えんかった。ママはね、パパのことが一番好きなの。これから先もずっとパパのことが一番好きなの」

未来は溢れる涙を止めることができなかった。奇世の隆に対する愛が痛いほど伝わってきたから。隆が亡くなってからひとりの男も作ることなく、たったひとりで自分と城を育ててくれている奇世を思うと未来は心の底から切なかった。好きになった男に抱きしめられた時の安心感と興奮、未来はそれを知った今、奇世は絶対にいつも隆に抱きしめられたいだろうと切実に思う。それが叶わないと思うと、切なくて悲しくてたまらなかった。

「ミーが泣くとママももらい泣きしちゃうでしょうが」

二人とも泣いていた。

「わたしもママとパパみたいにいつかなりたい」

未来の淡い恋は泡のように消えてなくなり、またひとつ命の意味を知った。

未来は自分自身が日に日に複雑化していくことをある意味楽しんでいるかのように、心の暴動を受け入れていた。「やっぱりわたしには人とどこか違うところがある」と思うことで今にも暴れ出しそうな感情を受け入れコントロールすることができた。

未来にとっては気の向くままに突発的に行動することがひとつの癒しになっていた。学校でも、家でも、何をしていても、大人や世間に抑圧されているような気がして自由になりたいのになれず、もどかしくてたまらない未来にとって、思い立ったことを即座に行動に移すことですこし抑圧から解き放たれ自由を感じることができた。未来が学校帰りに加世に会いに行っていたことを奇世は全く知らない。

未来は学校帰りの電車に乗ると、長いスカートが短くなるように、ウエストの部分を折り曲げた。学校指定の青いリボンは気に入っている。厳しい校風であるため学校に携帯電話は持っていけなかったし、黒い髪はいつも二つにしっかりと結ばれていた。そのゴムをほどき長い髪をかきあげるとすっかり大人びた中学生になった。未来は電車の窓ガラスに映る姿を見てこれが本当の自分だと思う。加世の喫茶店の最寄りの金山駅は居酒屋やラブホテル、カラオケやゲームセンター、漫画喫茶などが混在していて、その混屯とした中を闊歩するのは未来にとって心地よいことだった。

「いらっしゃい」

未来はこの声を聞き、たるんだ頰を見るたびに心が安らいだ。いつもひとりで店のカウンターに立ち、ひとりで喫茶店の上で暮らし、ひとりぼっちに見える加世と自分は似ていると思っていたが、それを加世に言ったことはない。

「ミーちゃんまた今週末も東京?」

「うん」

何も言わなくても加世は赤い色のクリームソーダと醬油味の焼きうどんを出してくれる。

「頑張っとるねえ。かーちゃんほんとに応援しとるでね。ミーちゃんがCD出したらようけ買わないかんね」

未来は控えめにふふっと笑った。

「またママと喧嘩しちゃった」

「そういう年頃なんだで仕方ないわ」

「ママひとりだし、あんまり反抗して困らせちゃいけないって思うから、なんかイライラした時は部屋にこもって歌詞書いてる。そういう時間が一番気が楽なんだよ。でもママにしか八つ当たりできないんだもん。学校も友達もわかりあえないし、自分の居場所って感じじゃないし。ママの前でしか我儘《わがまま》とか愚痴とか言えないから。でも色々口うるさく言われたら耳を塞ぎたくなっちゃうの」

「奇世ちゃんはちゃんとミーちゃんのことわかっとるで大丈夫。かーちゃんはいつもここにおるで、いつでもおいで」

「ありがとう」

「ミーちゃんはちゃんとありがとうが言えて、礼儀があるで偉いねえ」

「全部ママのおかげだよ。ママのしつけが厳しかったから癖になってるだけ」

「奇世ちゃんは、ミーちゃんたちが小ちゃかった時、厳しかったんでしょう」

「すっごい厳しかったし、怖かった。ママはたぶんパパの代わりもやらなきゃいけないって思ってたと思うから。怒ると腕をね、こうやってぎゅって摑むの。しかも爪が長いから肌に食い込んでものすごい痛いの。それはもう怖いなんてもんじゃないよ。しかもママの目力ってすごいじゃん。あの目で睨まれるなんて怖すぎるよ。でもね、それ以上にいつもママって一生懸命だし、家でソファに寝転んでだらだらしてるところなんて見たことないんだ」

「奇世ちゃんらしい」

「だからほんとうはママのこと悲しませたくないんだ。すっごく尊敬してるし、ほんとうは大好きなんだけど」

「こんな可愛い子を産んで、こんなに立派に育てて奇世ちゃんはすごいわ」

「ほんと、ママはすごいと思う。だから」

「なあに？」

「ママのこと助けてあげてね」

加世に会うと未来は素直になれた。加世に会った日はなぜか早く帰って奇世に会いたくなるのだった。

奇世が夕飯の準備をしている姿が未来は大好きだった。いつも可愛い花柄のエプロンをして綺麗な母の姿は魅力があり、洋風な花柄の壁紙と濃い茶色のイギリス製の家具の中にいると、ここが日本であることを忘れそうだった。家の外までいい匂いが立ちこめ、幸せな気持ちになる。トマトベースのロールキャベツを煮込んでいる奇世の背中に未来は抱きついた。洋服は母だけの匂いがした。未来は奇世の耳を触る。

「またママの耳触って」

「だって耳気持ちいいんだもん。今日ロールキャベツじゃん！　嬉しい」

「城にはロールキャベツあんまり好きじゃないって言われたけど」

「城は男だからこういう小洒落た食べ物より、カレーとか豚の生姜焼きとかがいいんだよ」

未来はダイニングテーブルに腰掛けＭＴＶをつけた。

「ママにお願いがあるんだけど」

「なあに？」

「冬休みにニューヨークに行きたいの」

「ニューヨークに？」

「ママの友達ニューヨークに住んでたよね？」

「トーコちゃんね。まだ住んどるよ」

「森さんにね、ニューヨークにボイストレーニングしに行きたいって言ったら、ボイトレ代はレコード会社が払ってくれるって。でも飛行機代と宿代までは出せないって言われて……」

「行きたいんでしょ？」

「うん！　有名な先生のレッスンを受けさせてもらえるの」

「行ってきなさい」

「いいの？」

「もちろん」

「ママが飛行機とるから。何も心配しんでいいで」

「ほんとにいいの？」

「ミーがやりたいって言ったことは全部やらせてあげるのがママの仕事」

未来は中二の冬休みにひとりでニューヨークに旅立った。初めてのひとり旅、しかもニューヨークという遠い場所に、奇世はほんとうは「ひとりなんて危ないからだめだ」と言いたかった。だけど未来がやりたいことを全力で応援するのが母親としての役目だと思うし、未来はその人並み外れた感性で、異国の地で多くのことを感じてくることが奇世にはわかっていた。

たった数週間の別れなのに未来がものすごく遠くに行ってしまうような気がして切なすぎる奇世だった。負けん気が強くて、見た目も大人びた娘だが、まだ14歳の子供だ。きっと未来自身も心細いに決まっている。

「わたし、もっと強くなりたいから」

そう言い放って未来は混雑する出国ゲートに颯爽《さっそう》と入っていった。見送りに行った奇世と城はその言葉に呆気にとられて暫くその場に佇んでいた。「もっと強くなりなさい」と未来に教えたのは奇世だった。もう十分なのに、未来をここまで掻き立てるものは一体何なのだろう。

「姉ちゃんってやっぱりすげえ。強《つ》えーわ」

「また成長して帰ってくるね」

「これ以上強くなったら怖いんだけど」


加世から電話があったのは未来がニューヨークから帰ってきた頃だった。奇世はちょうどひとりキッチンで洗い物をしていた。子供たちは学校に行っている。

「奇世ちゃん今ちょっといいかね」

「どうしたの？」

受話器から加世の吐息が洩れた。

「あたし、癌《がん》みたいなんだわ」

「え」

「胆嚢《たんのう》癌だって」

「癌って……」

「うちの亡くなったお母さんも癌だったし、癌家系なのかもしれんわ。だで、奇世ちゃんもとにかくちゃんと検診してね」

「大丈夫なんだよね？」

「お医者さんには病状はちゃんと正直に話してほしいって言っとるし、あたしはまだまだ元気だで大丈夫」

加世の胆嚢癌はステージ2で、癌組織が胆嚢の周囲に一部広がっている状態だった。近傍のリンパ節や肝臓、胆管へ今後広がっていく可能性があった。加世はまだ60代だ。子供たちを動揺させたくないので加世の癌のことは言わないことにした。

相変わらず未来は毎週末、東京に通い、近頃はボイストレーニング、ダンスレッスンに加えて色々なプロデューサーに会ってはデモ制作をしている。未来曰く、デビュー曲にするべく曲を書き溜めているらしい。レコーディングという作業が一体どのようなものなのか、未来がどのようにして東京で頑張っているのかは奇世にとっても未知の領域で想像もつかない。

未来の中学は芸能活動を禁止しているが、未来の成績が優秀で先生たちに気に入られているので音楽活動は暗黙の了解のような雰囲気だった。むしろ未来の活動は応援されていた。高校へはエスカレーター式で試験なしで上がることができる。よっぽどの理由がない限り生徒は中学からそのまま高校に上がることが約束のようになっていた。

しかし未来にそのつもりはなく、東京の高校に進学することに決めた。音楽活動をするには東京に出ていかなくてはいけない。中学を卒業したらひとりで上京するのだという決意は未来の中ではっきり固まっており、特別に家族会議をしたわけでもなく、藤岡家でも未来が東京の高校に行く計画が具体的になっていた。

　未来はどうしても芸能系の学校にだけは行きたくなかった。アイドルやタレントが大勢いるような高校に自分が在籍している姿は全く想像できなかったし、そのような人たちとは絶対にわかりあえないと思っていた。だからしっかりと勉学に集中できる生徒たちがいる、しかし自由な校風で仕事がしやすい都心の高校を探すことにした。すぐに私立大学の付属高校に志望を決めると、担任が推薦状を書いてくれた。もともと外部の高校に進学することは学校側からすれば異端扱いになるはずなのに、推薦扱いで入学試験を受けられることになった。そのまま未来はあっさり入学試験に合格し志望高校に入学が決まった。

　レコード会社の担当の森から紹介され所属事務所が決まると、改めて自宅に森と所属事務所の社長が挨拶に来た。所属事務所の社長は奇世よりも若いのにしっかりした品のよい人で奇世はとても安心した。若き社長は、「未来さんの人生をしっかり預からせてください」と頭を下げてくれた。奇世の中の所謂《いわゆる》「芸能事務所の社長」というイメージを根底から覆すような腰の低い、穏やかな社長だった。


「CMソングを歌わせてもらえることになった！」

　未来が二階の自室からリビングに駆け下りてきた。

「よかったね！」

奇世と未来は抱き合って喜んだ。未来はキヤノンのイオスキスというカメラのＣＭソングを歌う仕事を貰った。全部英語の詞で、用意された歌を覚えて歌うというものだった。初めて自分の歌でお金をもらえたことに未来は大変に感激した。自分の声ひとつが、歌ひとつが価値を持つということが未来の自信になった。貰ったギャラの12万円で未来は新しいキーボードを買った。


「未来が東京に行ってしまうわ」

「あんたの子らしいやん。どえらい早い親離れだけど」

電話口の奈緒美の声を聞くだけで奇世は思春期の自分を思い出す。奇世たちは40代になり、もうすっかり、母だった。

「うちは息子二人だで、あたしは女の子の母親になったことないもんでわからんけど、奇世、寂しいだらあ」

「ものすごい、寂しい」

「そりゃそうだわね」

「まだ15歳の子供だよ。東京でひとり暮らしなんて信じられんけど、あたしも子離れっていうのかね、ちゃんと未来を巣立たせてあげないかんと思うんだわ」

「ほんと、あんたの人生は面白いわ」

「生きとるといろんなことがあるわ」

「東京っていえば、1つ上の坂上涼子先輩っておったじゃん？　あんた憶えとる？」

「女優になるために東京に行くって言っとったね。もう何十年も前の話になるのか」

「結局東京には行かんかったらしいわ。あの時あんなに豊田を出るって言っとったのにね。今も豊田におるみたい。普通に主婦やっとるらしいわ」

「先輩もあたしたちみたいにお母さんになったのか」

「何にもなれんでもいいんだわ。母親になれたことがあたしの幸せだった」

「ほんとうに、そうだわね。愛した人との子供を産んで母親になれること以上に女の幸せはないと思う。あたしたちはなんちゅう幸せなんだろう」


いよいよ未来の本格的なデビューに向けて運命が動き出している。春から未来は東京でひとり暮らしをすることになる。そしてやがて歌手としてデビューするだろう。レコード会社は未来が高校一年生の間にメジャーデビューさせる計画のようだ。

未来がこんなに早くに自分のもとから離れていく日が来るとは、つくづく自分の人生は普通にはいかないものだと奇世は思う。いつまでも未来がそばにいてくれたら、そんな幸せなことはない。しかし、ここで母親の自分が未来の背中を押してやらなくて誰が押すのか。誰よりも未来の才能を理解し、信じ、応援しているのは母親であるあたしだ。

未来はあたしの子供として生まれるべくして生まれた隆との愛の証だ。そして未来は特別な感性を持って生まれた。未来の才能は隆が残した奇跡だ。豊かすぎる感受性、ガラスのようなハートは未来に色々なことを感じさせ、独自の世界観で生きる運命を与えたのかもしれない。

自分自身と向き合って、自問自答して、自分の身を削って歌を書くことが未来の生き方なのかもしれない。未来は自分の生き方、存在意義を見つけたのだ。それもこんなに若くして。自分を知ろうとすることは苦しい。自分と向き合うことはつらい。だからその運命は未来にとって残酷なものかもしれない。未来は自ら苦しく険しい道を選んだのかもしれない。それでも奇世は未来を信じる。自分から生まれた愛する娘だからだ。


加世は入院した。胆嚢癌は最終的に大腸に転移して、癌は広範囲にわたって加世の体を蝕《むしば》んでいった。病床の加世は一気に歳を取ってしまったように見えた。癌に侵されひと回りもふた回りも小さくなった加世の姿は、死に向かっているということを奇世に思い知らせた。奇世はすっかり病人となってしまった加世を見てショックを隠せないものの、努めていつも通り加世に接しようとした。暇を見つけては、しょっちゅう加世に会いに行った。

「おかあさん」

病室には誰もおらず、しんとしている。

「奇世ちゃん」

「会いに来たよ」

加世は言葉もはっきりしていて見た目は痩せてしまっているものの元気そうに見える。癌に侵された加世の衰弱した姿を見てショックを受けると思ったので子供たちは連れてこなかったし、子供たちにはまだ加世が癌であることは伝えていないままだった。

「奇世ちゃんがいつも会いに来てくれてほんとうに嬉しい。奇世ちゃんとこんな風に関係を持てるなんて夢みたいだわ」

奇世は黙って頷いている。かける言葉が見つからなかった。

「奇世ちゃん、あの時手放したこと、ほんとうにごめんね。謝っても謝りきれん。でもほんとうにごめんなさい」

「おかあさん、もういいんだて」

「ごめんね」

「あたしはずっとおかあさんに捨てられたと思って生きてきたの。おかあさんに捨てられた子供の気持ちわかる？　あたしはずっと恨んどった。サチ子さんからも愛情を感じたことはなかったし。でもしょうがないんだわ。だって自分のお腹を痛めて産んだ子じゃないんだもん。それでもあたしを育ててくれたサチ子さんに感謝できるようになったのは隆ちゃんに出会って、母親になったからなんだわ。子供たちのことは何よりも大事。自分の命よりもずっと大事。自分を犠牲にしてでも絶対に大切にしたいと思う存在があるなんて母親になるまで知らんかった。だからね、母親になったらより一層おかあさんがあたしを手放した時の気持ちがわからんくなった」

加世は悲しそうに何度も頷いた。

「でも、たぶんだけど、おかあさんはひとりっきりで生きていくことで自分を犠牲にして、それと引き換えにあたしたち子供が幸せになれるように身を引いたんじゃないかって思ったの」

「奇世ちゃん……」

「あたしほんとうに幸せ。隆ちゃんと一緒になって、あんなに可愛い子供たちのお母さんになれたんだで」

「奇世ちゃん、あんたは立派。立派だわ。すごい母親になったね。こんな立派な娘を持った母にしてくれて、ありがとう」

「あたしわかったんだわ。ずっとおかあさんに謝ってほしかったんじゃなくて、褒めてほしかったの」

「うん。奇世ちゃん、すごいね。すごい母になったんだね。幸せにしてくれてありがとうね」

加世が奇世の肩を撫でるようにさすった。そうしてその手を奇世に差し出し二人は手を握り合った。皺の刻まれた加世の手は予想外に分厚く、その手のひらの厚みは加世がひとりで生きてきた証のようだった。

帰宅した子供たちに、加世が癌になり、そう長くは生きられないことを伝えた。二人とも驚いていたが現実味がないようで、泣くこともなく淡々としていた。奇世は未来に今日の加世との会話の一切合切を聞いてもらいたくて、二人きりでダイニングテーブルに腰を据えた。

「もっと生きてほしい」

未来が言った。いくら大人びているとはいえ、風呂上がりの未来はまだ子供っぽさがあり奇世はすこしほっとする。

「大丈夫。かーちゃんは絶対頑張って生きるよ」

奇世は祈るように言った。

「かーちゃんってさあ、ずっとひとりだったよね」

未来の意外な言葉に奇世は驚く。

「かーちゃんに会いに行くと、いつもひとりっきりで可哀想だなって思ってたの。なんでずっとひとりだったのかなって。それでひとりで死んじゃうなんて胸が痛い」

「強がりな人だでね。いろんなこと、我慢しとったのかもしれんね」

「やっぱりそういうところママと似てる。でもママに会えてかーちゃんはほんとうに幸せだったと思うよ。ママよかったね。またかーちゃんに会えて」

「幸せだったたかねえ」

「幸せだったに決まってんじゃん。ママは立派だもん。自慢の娘だって思ってるよ。ママの気持ち、絶対にかーちゃんに伝わってる。ママ、わたしがちっちゃい頃から言ってたじゃん、思ってることは口に出さなきゃ相手には伝わらないって」

「かーちゃんにありがとうって言われるといつも切なかったけど、今日は素直に嬉しかったんだわ」

「ありがとうと言われるように、言うように、だね」

奇世は微笑んだ。

「わたしかーちゃんのこと大好きなんだよ。だって、かーちゃんがママを産んでくれたんだもん。かーちゃんがいたからママがいて、ママがいるからわたしがいるんだもん」

奇世は涙をこらえて未来を抱きしめた。

「だから、ママ痛いって」

あれが加世との最後の会話になった。加世は63歳という若さで死んでしまった。

一吉に言うべきか。加世の死を目の当たりにして真っ先に頭をよぎったのはそれだった。幸にだって伝えるべきなのだろうか。悩んだ末、加世の死を自分の口から伝えることはしなかった。できなかったのだ。皆、それぞれの家族との生活があって、必死に生きている。加世と奇世は運命に導かれて一度別れたはずの人生がまた重なった。それは母と娘が強く引き寄せ合ったからこその再会だった。無意識のうちにお互いがお互いを求めていたのだ。加世の死を見届けることができて奇世は娘としての務めを果たせたと思いたかった。

加世の葬式に奇世は親族として未来と城と参列した。加世には兄がひとりいて、その兄夫婦と子供たち夫婦が葬儀を仕切った。

「奇世ちゃん、加世のこと許したってね」

加世の兄が奇世に言った。

「はい」

「一吉さんと別れて奇世ちゃんと離れてから、加世は毎日泣いとった」

すこし前の奇世だったら、加世がどんな想いで生きてきたかなんてわかりたくもないと、感情的になってしまっただろう。しかし加世が母親として自分のことを「奇世ちゃんすごいね」と褒めてくれて、加世に対するわだかまりの気持ちがすうっと薄れていた。

「もっともっと親孝行できればよかった」

「いやいや、加世は奇世ちゃんにまた会えて交流を持ててほんとうに幸せそうだったんだわ。いっつも俺たちにも奇世ちゃんの話を嬉しそうにしとった。未来ちゃんが歌手になるんだとか、城くんがどえらい野球がうまいとかよう自慢しとったわ」

加世が伯父さんたちに自分たちの自慢話をしていたなんて、そんなことを奇世は全く知らなかった。奇世は目を真っ赤にして泣いた。

「加世を幸せにしてくれてありがとうね」

愛する人を見送ることはとても残酷で、死んでいく人よりも残された者のほうがずっとつらい。

「ママ、ちゃんと見送れてよかったね。でもやっぱりかーちゃんにわたしが歌手になった姿を見せられなくて悔しい」

未来は泣かなかった。

「かーちゃん、ほんとうにミーちゃんのこと応援してくれとったもんね」

「うん。かーちゃんの分まで頑張る。ママ、マスカラついてる」

「やだ、ミーと城の前で泣いちゃったね。恥ずかしい」

いつもよりずっと薄化粧の着物姿の奇世は、鼻をほんのり赤くして、やけに色っぽく美しかった。

「きっともうすぐ天国でパパに会うんじゃね？」

城が言った。

奇世は思った。自分はこんなに素晴らしい子供たちに恵まれたのだ。人が生きる意義は、誰かを幸せにすることにあるのではないだろうか。とにかく奇世が自分の人生で全うしたいことは子供たちを幸せにすることだ。そして自分を幸せにしてくれるのは子供たちだ。この子たちに会えたのは加世が自分を産んでくれたからであって、加世がいなかったら自分も子供たちもいないのだ。当たり前のことではあるが、そんな風に思えるだけで奇世は加世のことを許せているのではないだろうか。

加世の魂が天高く昇っていくと奇世は解き放たれた。奇世は天を仰いだ。顔を空に向かって上げ、また隆のことを想う。

「隆ちゃん、おかあさんのことよろしくね」

心の中で隆に話しかけた。残されたあたしたちは幸せにならなくてはいけない。幸せになるために一生懸命に毎日を生きていかなくてはいけない。

加世は最期の瞬間に「自分の人生は幸せなものだった」と思えたのだろうか。それがたとえどんな形であっても加世は奇世の母親だった。奇世は自分が母親になった今、女にとって母親になることがどれだけ幸せなことか知っている。

ああ、なんてあたしは幸せなのだろう。

あたしのおかあさん、そしてもうひとりのお母さん、世界中で一番幸せな母はあたしだ。

あたしが一番幸せな母だ。

奇世は隣にいる未来と城に向かってにっこり微笑んだ。

あたしの幸せの証。この子たちがいる限りあたしは幸せだ。そしてこの子たちの幸福を誰よりも強く願っているのはあたしだ。

未来がいつかの自分によく似たあどけない少女の顔で言った。

「ママ、綺麗」

奇世のやさしく力強い、凜《りん》とした姿は女神そのものだった。

鳴り止まないアンコールの拍手と大歓声。わたしは全身全霊で愛を、感謝を伝えたいと思いながら、込み上げる感動に震えている。これこそがわたしがずっと求めていた躍動、ここがわたしの存在すべき場所。わたしは今、誰よりも輝いている！

「……最後に聴いてください。『幸福の女神』」

誰よりも綺麗で
誰よりも強いのは
痛みを知っているから
そのやさしさ、その厳しさ、その切なさ、
わたしを守る　女神の微笑み

あなたはわたしが生きる意味
あなたはわたしが歌う理由

わたしがわたしになれたのは
あなたに、あなたに、愛されたから

強くやさしく美しい
あなたこそがわたしの女神
なんて誇らしい
なんて愛しい
わたしたちのいのち

孤独の意味は愛の証明
あなたがあの人愛したように
わたしも誰か愛するかな
そして証残せるかな

あなたが与えた遺伝子を
あなたが創ったこの夢を
わたしはわたしを愛したい

あなたを、あなたを、愛したい

強くやさしく美しい
あなたこそがわたしの女神
なんて誇らしい
なんて愛しい
わたしたちのいのち

この作品は書き下ろしです。

この作品はフィクションです。実在する人物、団体等とは一切関係ありません。

〈著者紹介〉
加藤ミリヤ　1988年６月生まれ。シンガーソングライター。14歳から作詞・作曲を始める。2011年９月、初めて発表した小説『生まれたままの私を』がベストセラーに。音楽活動のかたわら執筆を続け、本作が４作目となる。他の著書に『UGLY』『神様』がある。

幸福の女神
2016年５月25日　第1刷発行

GENTOSHA

著　者　加藤ミリヤ
発行者　見城 徹

発行所　株式会社 幻冬舎
　　　　〒151-0051 東京都渋谷区千駄ヶ谷4-9-7

電話:03(5411)6211(編集)
　　 03(5411)6222(営業)
振替:00120-8-767643
印刷・製本所:図書印刷株式会社

検印廃止


Printed in Japan
ISBN978-4-344-02945-3 C0093
幻冬舎ホームページアドレス　http://www.gentosha.co.jp/

この本に関するご意見・ご感想をメールでお寄せいただく場合は、comment@gentosha.co.jpまで。